汪曾祺生活三书

人间有戏

汪曾祺
著

山西出版传媒集团
北岳文艺出版社
BEIYUE LITERATURE & ART PUBLISHING HOUSE
·太原·

图书在版编目（CIP）数据

人间有戏 / 汪曾祺著. — 太原 : 北岳文艺出版社,
2020.4
（汪曾祺生活三书 / 续小强, 刘文飞主编）
ISBN 978-7-5378-6113-7

Ⅰ. ①人… Ⅱ. ①汪… Ⅲ. ①散文集－中国－当代
Ⅳ. ①I267

中国版本图书馆CIP数据核字（2019）第299349号

人间有戏

汪曾祺◎著

选题监制
有度文化

选题策划
刘文飞

责任编辑
刘文飞

装帧设计
北京弘果文化传媒

出版发行：山西出版传媒集团 · 北岳文艺出版社
地址：山西省太原市并州南路57号　邮编：030012
电话：0351-5628696（发行部）　0351-5628688（总编室）
传真：0351-5628680
网址：http://www.bywy.com　E-mail: bywycbs@163.com
经销商：新华书店
印刷装订：三河市国新印装有限公司

开本：880mm × 1230mm　1/32
字数：158千字
印张：9
版次：2020年4月第1版
印次：2020年4月河北第1次印刷
书号：ISBN 978-7-5378-6113-7
定价：39.00元

目 录

苏三、宋士杰和穆桂英

洪洞县的出名，是因为有了京剧《玉堂春》。“苏三离了洪洞县”，凡有井水处都有人会唱，至少听过。我到山西，曾特为到洪洞县去弯了一趟，去看苏三遗迹。

一位本地研究苏三传说的专家陪着我们参观。进了县政府的大堂，这位专家告诉我们：苏三就是在这里受审的。他还指了一块方砖，说：她就跪在这块砖上回话的。他说苏三的案卷原来还保存在县里，后来叫一个国民党军官拿走了。

我们参观了苏三监狱。这是一座很小的监狱。监门只有普通人家的独扇门那样大。门头上画着一个老虎脑袋，这就是所谓“狴犴”了。进门，外边是男监。往里走，过一个窄胡同，是女监。女监是一个小院子，除了开门的一边，三间都有监号。专家指指靠北朝南的一个号子，说苏三就是关在这里的。院子当中有一口井，不大，青石井栏。据说苏三就是从这口井里汲水洗头洗脸洗衣裳的。井栏的内圈已经叫井绳磨出一道一道很深的沟槽。没有几百年的功夫，是磨不出这样的沟的。这座监狱据说明朝就有，这是全国保存下来少数明代监狱里的一个，这是有记载可查的。如果有一个苏三，苏三曾蹲过洪洞县的监狱，那么便只能是在这里。苏三从这口井里汲水，这想象很美，同时不能不引起人的同情。

我们还去参观赵监生买砒霜的药铺。当年盛砒霜的药罐还在，白地青花，陈放在柜台的一头，下面垫了一块红布——那当然是为了引人注目。这家药铺是明代就有的。砒霜是剧毒，盛砒霜的罐子是不能随便倒换的。如果有一个赵监生，他来买过砒霜，那么便只有取之于这个药罐。据我的一点关于瓷器的知识，这倒真是明青花。

据说洪洞县过去是禁演《玉堂春》的，因为戏里有一句“洪洞县内无好人”。洪洞县的人真可爱，何必那样认真呢？有人曾著文考证，力辟苏三监狱之无稽，苏三根本不是历史人物，《玉堂春落难逢夫》纯属小说家言，关于苏三的遗迹都是附会。这些有考据癖的先生也很可爱，何必那样认真呢？洪洞县的人愿意那样相信，你就让他相信去得了嘛！

河南信阳州宋士杰开的店原来还在，店门的门槛是铁的。铁门槛，这很有意思！这当然也是附会。

如果都认真考据，那就没完了。山海关外有多少穆桂英的点将台？几乎凡有一块比较平整的大石头，都是穆桂英的点将台！

老百姓相信许多虚构的戏曲人物是真有的，他们附会出许多戏曲人物的古迹，并且相信，这反映了市民和农民的爱憎。这是民族心理结构的一个层次，我们应该重视、研究。不只是“姑妄听之”而已。这一点，倒是可以认一点真。

再谈苏三

《玉堂春》这出戏为什么流传久远，至今还有生命力？我想主要是由于人们对一个妓女的坎坷曲折的命运的同情。这出戏在艺术上有很大的特点，可以给人美感享受，这里不去说它。

对于今天的观众来说，这出戏有相当大的认识作用。透过一个妓女的遭遇，使我们了解了那个时代、那个社会的一个侧面，了解商业经济兴起时期的市民意识，看出我们这个民族的一块病灶。从这一点说，这出戏是有现实意义的。

不少人在改《玉堂春》，实在是多一事不如少一事。《起解》原来有一句念白“待我辞别狱神，也好赶路”，有人改为“待我辞别辞别，也好赶路”。为什么呢？因为提到狱神，就是迷信。唉！保留原词，使我们知道监狱里供着狱神；犯人起解，辞别狱神，是规矩，这不挺好吗？祈求狱神保佑，这很符合一个无告的女犯的心理，能增加一点悲剧色彩，为什么要改呢？

有一个戏校老师把“头一个开怀是哪一个”，“十六岁开怀是那王公子”的“开怀”改了，说是怕学生问他什么叫“开怀”，他不好解释。这有什么不好解释的呢？“开怀”是妓院的术语，这很有妓院生活的特点，而且也并不“牙碜”。这位老先生改成什么呢，改成了“结交”。可笑！

有一位女演员把“不顾腌臜怀中抱，在神案底下叙一叙旧情”掐掉了，说是“黄色”。真是！你叫玉堂春这妓女怎样表达感情，给王金龙念一首诗？

这样的改法，削弱了原剧的认识作用。

我是怎样和戏曲结缘的

有一位老朋友，三十多年不见，知道我在京剧院工作，很诧异，说："你本来是写小说的，而且是有点'洋'的，怎么会写起京剧来呢？"我来不及和他详细解释，只是说："这并不矛盾。"

我的家乡是个小县城，没有什么娱乐。除了过节，到亲戚家参加婚丧庆吊，便是看戏。小时候，只要听见哪里锣鼓响，总要钻进去看一会。

我看过戏的地方很多，给我留下较深的印象的，是两处。

一处是螺蛳坝。坝下有一片空场子。刨出一些深坑，植上粗大的杉篙，铺了木板，上面盖一个席顶，这便是戏台。坝前有几家人家，织芦席的，开茶炉的……门外都有相当宽绰的瓦棚。这些瓦棚里的地面用木板垫高了，摆上长凳，这便是"座"。——不就座的就都站在空地上仰着头看。有一年请来一个比较整齐的戏班子。戏台上点了好几盏雪亮的汽灯，灯光下只见那些簇新的行头，五颜六色，金光闪闪，煞是好看。除了《赵颜借寿》《八百八年》等开锣吉祥戏，正戏都唱了些什么，我已经模糊了。印象较真切的，是一出《小放牛》，一出《白水滩》。我喜欢《小放牛》的村娘的一身装束，唱词我也大部分能听懂。像“我用手一指，东指西指，南指北指，杨柳树上挂着一个大招牌……”“杨柳树上挂着一个大招牌”，到现在我还认为写得很美。这是一幅画，提供了一个春风淡荡的恬静的意境。我常想，我自己的唱词要是能写得像这样，我就满足了。《白水滩》这出戏，我觉得别具一种诗意，有一种凄凉的美。十一郎的扮相很美。我写的《大淖记事》里的十一子，和十一郎是有着某种潜在的联系的。可以说，如果我小时候没有看过《白水滩》，就写不出后来的十一子。这个戏班里唱青面虎的花脸是很能摔。他能接连摔好多个“踝子”。每摔一个，台下叫好，他就跳起来摘一个“红封”揣进怀里。——台上横拉了一根铁丝，铁丝上挂了好些包着红纸的“封子”，内装铜钱或银角子。凡演员得一个“好”，就可以跳起来摘一封。另外还有一出，是《九更天》。演《九更天》那天，开戏前即将钉板竖在台口，还要由一个演员把一只活鸡拽在钉板上，以示铁钉的锋利。那是很恐怖的。但我对这出戏兴趣不大，一个老头儿，光着上身，抱了一只钉板在台上滚来滚去，实在说不上美感。但是台下可“炸了窝”了！

另一处是泰山庙。泰山庙供着东岳大帝。这东岳大帝不是别人，是《封神榜》里的黄霓。东岳大帝坐北朝南，大殿前有一片很大的砖坪，迎面是一个戏台。戏台很高，台下可以走人。每逢东岳大帝的生日——我记不清是几月了，泰山庙都要唱戏。约的班子大都是里下河的草台班子，没有名角，行头也很旧。旦角的水袖上常染着洋红水的点子——这是演《杀子报》时的“彩”溅上去的。这些戏班，没有什么准纲准词，常常由演员在台上随意瞎扯。许多戏里都无缘无故出来一个老头、一个老太太，念几句数板，而且总是那几句：

人老了，人老了，
人老先从哪块老？
人老先从头上老：
白头发多，黑头发少。
人老了，人老了，
人老先从哪块老？
人老先从牙齿老，
吃不动的多，吃得动的少。
……

他们的京白、韵白都带有很重的里下河口音。而且很多戏里都要跑鸡毛报：两个差人，背了公文卷宗，在台上没完没了地乱跑一气。里下河的草台班子受徽戏影响很大，他们常唱《扫松下书》。这是一出冷戏，一到张广才出来，台下观众就都到一边喝豆腐脑去了。他们又受了海派戏的影响，什么戏都可以来一段“五音联弹”——“催战马，来到沙场，尊声壮士把名扬……”他们每一“期”都要唱几场《杀子报》。唱《杀子报》的那天，看戏是要加钱的，因为戏里的闻太师要勾金脸。有人是专为看那张金脸才去的。演闻太师的花脸很高大，嗓音也响。他姓颜，观众就叫他颜大花脸。我有一天看见他在后台栏杆后面，勾着脸——那天他勾的是包公，向台下水锅的方向，大声喊叫：“××！打洗脸水！”从他的洪亮的嗓音里，我感觉到草台班子演员的辛酸和满腹不平之气。我一生也忘记不了。

我的大伯父有一架保存得很好的留声机——我们那里叫作“洋戏”，还有一柜子同样保存得很好的唱片。他有时要拿出来听听——大都是阴天下雨的时候。我一听见留声机响了，就悄悄地走进他的屋里，聚精会神地坐着听。他的唱片里最使我感动的是程砚秋的《金锁记》和杨小楼的《林冲夜奔》。几声小镲，“啊哈！数尽更筹，听残银漏……”杨小楼的高亢脆亮的嗓子，使我感到一种异样的悲凉。

我父亲是个多才多艺的人，他会画画，会刻图章，还会弄乐器。他年轻时曾花了一笔钱到苏州买了好些乐器，除了笙箫管笛、琵琶月琴，连唢呐海笛都有，还有一把拉梆子戏的胡琴。他后来别的乐器都不大玩了，只是拉胡琴。他拉胡琴是“留学生”——跟着留声机唱片拉。他拉，我就跟着学唱。我学会了《坐宫》《起解·玉堂春》《汾河湾》《霸王别姬》……我是唱青衣的，年轻时嗓子很好。

初中，高中，一直到大学一年级时，都唱。西南联大的同学里有一些“票友”，有几位唱得很不错的。我们有时在宿舍里拉胡琴唱戏，有一位广东同学，姓郑，一听见我唱，就骂：“丢那妈！猫叫！”

大学二年级以后，我的兴趣转向唱昆曲。在陶重华等先生的倡导下，云南大学成立了一个曲社，参加的都是云大和联大中文系的同学。我们于是“拍”开了曲子。教唱的主要是陶先生，吹笛的是云大历史系的张中和先生。从《琵琶记·南浦》《拜月记·走雨》开蒙，陆续学会了《游园·惊梦》《拾画·叫画》《哭像》《闻铃》《扫花》《三醉》《思凡》《折柳·阳关》《瑶台》《花报》……大都是生旦戏。偶尔也学两出老生花脸戏，如《弹词》《山门》《夜奔》……在曲社的基础上，还时常举行“同期”。参加“同期”的除同学外，还有校内校外的老师、前辈。常与“同期”的，有陶光（重华）。他是唱“冠生”的，《哭像》《闻铃》均极佳，《三醉》曾受红豆馆主亲传，唱来尤其慷慨淋漓；植物分类学专家吴征镒，他唱老生，实大声宏，能把《弹词》的“九转”一气唱到底，还爱唱《疯僧扫秦》；张中和和他的夫人孙凤竹常唱《折柳·阳关》，极其细腻；生物系的教授崔芝兰（女），她似乎每次都唱《西楼记》；哲学系教授沈有鼎，常唱《拾画》，咬字讲究，有些过分；数学系教授许宝騄，我的《刺虎》就是他亲授的；我们的系主任罗莘田先生有时也来唱两段；此外，还有当时任航空公司经理的查阜西先生，他兴趣不在唱，而在研究乐律，常带了他自制的十二平均律的钢管笛子来为人伴奏；还有一位世事洞明、人情练达、童心犹在、风趣非常的老人许茹香，每“期”必到。许家是昆曲世家，他能戏极多，而且“能打各省乡谈”，苏州话、扬州话、绍兴话都说得很好。他唱的都是别人不唱的戏，如《花判》《下山》。他甚至能唱《绣襦记》的《教歌》。还有一位衣履整洁的先生，我忘记他的姓名了。他爱唱《山门》。他是个聋子，唱起来随时跑调，但是张中和先生的笛子居然能随着他一起“跑”！

参加了曲社，我除学了几出昆曲，还酷爱上了吹笛——我原来就会吹一点，我常在月白风清之夜，坐在联大“昆中北院”的一棵大槐树暴出地面的老树根上，独自吹笛，直至半夜。同学里有人说：“这家伙是个疯子！”

抗战胜利后，联大分校北迁，大家各奔前程，曲社、“同期”也就风流云散了。

一九四九年以后，我就很少唱戏，也很少吹笛子了。

我写京剧，纯属偶然。我在北京市文联当了几年编辑，心里可一直想写东西。那时写东西必须“反映现实”，实际上是“写政策”，必须“下去”，才有东西可写。我整天看稿、编稿，下不去，也就写不成，不免苦闷。那年正好是纪念世界名人吴敬梓，王亚平同志跟我说：“你下不去，就从《儒林外史》里找一个题材编一个戏吧！”我听从了他的建议，就改了一出《范进中举》。这个剧本在文化局戏剧科的抽屉里压了很长时间，后来是王昆仑同志发现，介绍给奚啸伯演出了。这个戏还在北京市戏曲会演中得了剧本一等奖。

我当了“右派”，下放劳动，就是凭我写过一个京剧剧本，经朋友活动，而调到北京京剧院里来的。一晃，已经二十几年了。人的遭遇，常常是不以自己的意志为转移的。

我参加戏曲工作，是有想法的。在有一次齐燕铭同志主持的座谈会上，我曾经说：“我搞京剧，是想来和京剧闹一阵别扭的。”简单地说，我想把京剧变成“新文学”。更直截了当地说：我想把现代思想和某些现代派的表现手法引进到京剧里来。我认为中国的戏曲本来就和西方的现代派有某些相通之处。主要是戏剧观。我认为中国戏曲的戏剧观和布莱希特以后的各流派的戏剧观比较接近。戏就是戏，不是生活。中国的古代戏曲有一些西方现代派的手法（比如《南天门》《乾坤福寿镜》《打棍出箱》《一匹布》……），只是发挥得不够充分。我就是想让它得到更多的发挥。我的《范进中举》的最后一场就运用了一点心理分析。我刻画了范进发疯后的心理状态，从他小时读书、逃学、应考、不中、被奚落，直到中举、做了主考，考别人："我这个主考最公道，订下章程有一条：年未满五十,一概都不要，本道不取嘴上无毛！……"我想把传统和革新统一起来，或者照现在流行的话说：在传统与革新之间保持一种张力。

我说了这一番话，可以回答我在本文一开头提到的那位阔别三十多年的老朋友的疑问。

我写京剧，也写小说。或问：你写戏，对写小说有好处吗？我觉至少有两点。

一是想好了再写。写戏，得有个总体构思，要想好全剧，想好各场。各场人物的上下场，各场的唱念安排。我写唱词，即使一段长到二十句，我也是每一句都想得能够成诵，才下笔的。这样，这一段唱词才是"整"的，有层次，有起伏，有跌宕，浑然一体。我不习惯于想一句写一句。这样的习惯也影响到我写小说。我写小说也是全篇、各段都想好，腹稿已具，几乎能够背出，然后凝神定气，一气呵成。

前几天，有几位从湖南来的很有才华的青年作家来访问我，他们指出一个问题："您的小说有一种音乐感，您是否对音乐很有修养？”我说我对音乐的修养一般。如说我的小说有一点音乐感，那可能和我喜欢画两笔国画有关。他们看了我的几幅国画，说：“中国画讲究气韵生动，计白当黑，这和‘音乐感’是有关系的。”他们走后，我想：我的小说有“音乐感”么？——我不知道。如果说有，除了我会抹几笔国画，大概和我会唱几句京剧、昆曲，并且写过几个京剧剧本有点关系。有一位评论家曾指出我的小说的语言受了民歌和戏曲的影响，他说得有几分道理。

两栖杂述

我是两栖类。写小说，也写戏曲。我本来是写小说的。二十年来在一个京剧院担任编剧。近二三年又写了一点短篇小说。我过去的朋友听说我写京剧，见面时说：“你怎么会写京剧呢？——你本来是写小说的，而且是有点‘洋’的！”他觉得这简直不可思议。有些新相识的朋友，看过我近年的小说后，很诚恳地跟我说：“您还是写小说吧，写什么戏呢！”他们都觉得小说和戏——京剧，是两码事，而且多多少少有点觉得我写京剧是糟蹋自己，为我惋惜。我很感谢他们的心意。有些戏曲界的先辈则希望我还是留下来写戏，当我表示我并不想离开戏曲界时，就很高兴。我也很感谢他们的心意。曹禺同志有一次跟我说：“你还是双管齐下吧！”我接受了他的建议。

我小时候没有想过写戏，也没有想过写小说。我喜欢画画。

我的父亲是个画画的，在我们那个县城里有点名气。我从小就喜欢看他画画。每当他把画画的那间屋子打开（他不常画画），支上窗户，我就非常高兴。我看他研了颜色，磨了墨，铺好了纸；看他抽着烟想了一会，对着雪白的宣纸看了半天，用指甲或笔杆的一头在纸上比画比画，画几个道道，定了一幅画的间架章法，然后画出几个“花头”（父亲是画写意花卉的），然后画枝干、布叶、勾筋、补石、点苔，最后再“收拾”一遍，题款，用印，用摁钉钉在壁上，抽着烟对着它看半天。我很用心地看了全过程，每一步都看得很有兴趣。

我从小学到中学，都“以画名”。我父亲有一些石印的和珂罗版印的画谱，我都看得很熟了。放学回家，路过裱画店，我都要进去看看。

高中毕业，我本来是想考美专的。

我到四十来岁还想彻底改行，从头学画。

我始终认为用笔、墨、颜色来抒写胸怀，更为直接，也更快乐。

我到底没有成为一个画家。

到现在我还有爱看画的习惯，爱看展览会。有时兴之所至，特别是运动中挨整的时候，还时常随便涂抹几笔，发泄发泄。

喜欢画，对写小说，也有点好处。一个是，我在构思一篇小说的时候，有点像我父亲画画那样，先有一团情致、一种意向。然后定间架、画“花头”、立枝干、布叶、勾筋……一个是，可以锻炼对于形体、颜色、“神气”的敏感。我以为，一篇小说，总得有点画意。

我是怎样写起小说来的呢？

除了画画，我的“国文”成绩一直很好。从小学五年级到初中三年级，我的国文老师一直是高北溟先生。为了纪念他，我的小说《徙》里直接用了高先生的名字。他的为人、学问和教学的方法也就像我的小说里所写的那样——当然不尽相同，有些地方是虚构的。在他手里，我读过的文章，印象最深的是归有光的《项脊轩记》《先妣事略》。

有几个暑假，我还从韦子廉先生学习过。韦先生是专攻桐城派的。我跟着他，每天背一篇桐城派古文。姚鼐的、方苞的、刘大櫆和戴名世的。加在一起，不下百十篇。

到现在，还可以从我的小说里看出归有光和桐城派的影响。归有光以清淡之笔写平常的人情，我是喜欢的（虽然我不喜欢他正统派思想），我觉得他有些地方很像契诃夫。“桐城义法”，我以为是有道理的。桐城派讲究文章的提、放、断、连、疾、徐、顿、挫，讲“文气”。正如中国画讲“血脉流通”“气韵生动”。我以为，“文气”是比“结构”更为内在、更精微的概念，和内容、思想更有有机联系。这是一个很好的、很先进的概念，比许多西方现代美学的概念还要现代的概念。文气是思想的直接的形式。我希望评论家能把“文气论”引进小说批评中来，并且用它来评论外国小说。

我好像命中注定要当沈从文先生的学生。

我读了高中二年级以后，日本人打了邻县，我“逃难”在乡下，住在我的小说《受戒》里所写的小和尚庵里。除了高中教科书，我只带了两本书，一本屠格涅夫的《猎人笔记》，一本上海一家野鸡书店盗印的《沈从文小说选》。我于是翻来覆去地看这两本书。

我到昆明考大学，报了西南联大中国文学系，就是因为这个大学中文系有朱自清先生、闻一多先生，还有沈先生。

我选读了沈先生的三门课：“各体文习作”“中国小说史”和“创作实习”。

我追随沈先生多年，受到教益很多，印象最深的是两句话。

一句是“要贴到人物来写”。

他的意思不大好懂。根据我的理解，有这样几层意思：

第一，小说是写人物的。人物是主要的、先行的。其余部分都是次要的、派生的。作者要爱所写的人物。沈先生曾说过，对于兵士和农民“怀了不可言说的温爱”。“温爱”，我觉得提得很好。他不说“热爱”，而说“温爱”，我以为这更能准确地说明作者和人物的关系。作者对所写的人物要具有充满人道主义的温情，要有带抒情意味的同情心。

第二，作者要和人物站在一起，对人物采取一个平等的态度。除了讽刺小说，作者对于人物不宜居高临下。要用自己的心贴近人物的心，以人物哀乐为自己的哀乐。这样才能在写作的大部分的过程中，把自己和人物融为一体，语语出自自己的肺腑，也是人物的肺腑。这样才不会做出浮泛的、不真实的、概念的和抄袭借用来的描述。这样，一个作品的形成，才会是人物行动逻辑自然的结果。这个作品是“流”出来的，而不是“做”出来的。人物的身上没有作者为了外在的目的强加于他身上的东西。

第三，人物以外的其他的东西都是附属于人物的。景物、环境，都得服从于人物，景物、环境都得具有人物的色彩，不能脱节，不能游离。一切景物、环境、声音、颜色、气味，都必须是人物所能感受到的。写景，就是写人，是写人物对于周围世界的感觉。这样，才会使一篇作品处处浸透了人物、散发着人物的气息，在不是写人物的部分有人物。

另外一句话是“千万不要冷嘲”。

这是对于生活的态度，也是写作的态度。我在旧社会，因为生活的穷困和卑屈，对于现实不满而又找不到出路，又读了一些西方的现代派的作品，对于生活形成一种带有悲观色彩的尖刻、嘲弄、玩世不恭的态度。这在我的一些作品里也有所流露。沈先生发觉了这点，在昆明时就跟我讲过；我到上海后，又写信给我讲到这点。他要求的是对于生活的“执着”，要对生活充满热情，即使在严酷的现实面前，也不能觉得“世事一无可取，也一无可为”。一个人，总应该用自己的工作，使这个世界更美好一些，给这个世界增加一点好东西。在任何逆境之中也不能丧失对于生活带有抒情意味的情趣，不能丧失对于生活的爱。沈先生在下放咸宁干校时，还写信给黄永玉，说：“这里的荷花真好！”沈先生八十岁了，还每天工作十几个小时，完成《中国服饰研究》这样的巨著，就是靠这点对于生活的执着和热情支持着的。沈先生的这句话对我的影响很深。

我是怎样写起京剧剧本来的呢？

我从小爱看京剧，也爱唱唱。我父亲会拉胡琴，我初中一年级的时候就随着他的胡琴唱戏，唱老生，也唱青衣。到读大学时还唱。有个广东同学听到我唱戏，就说：“丢那妈，猫叫！”

因为读的是中文系，我后来又学唱了昆曲。

我喜欢看戏，看京剧，也爱看地方戏，特别爱看川剧。

我没有想到过写戏曲剧本。

因为当编辑，编《说说唱唱》，想写作，又不下去，没有生活，不免发牢骚。那年恰好是纪念世界名人吴敬梓，有人就建议我在《儒林外史》里找一个题材，写写京剧剧本，我就写了一个《范进中举》。这个剧本演出了，还在北京市戏曲会演中得了一个奖。

一九五八年，我戴了“右派”帽子下去劳动。摘了帽子，想调回北京，恰好北京京剧团还有个编剧名额，我就这样调到了京剧团，一直到现在，二十年了。

搞文学的人是不大看得起京剧的。

这也难怪。京剧的文学性确实是很差，很多剧本简直是不知所云。前几个月，我在北京，每天到玉渊潭散步，每天听一个演员在练《珠帘寨》的定场诗：

> 李白斗酒诗百篇，
> 长安市上酒家眠。
> 摔死国舅段文楚，
> 唐王一怒贬北番！

李克用和李太白有什么关系呢？

《花田错》里有一句唱词：

> 桃花不比杏花黄……

桃花不黄，杏花也不黄呀！

可是，京剧毕竟是我们的文化遗产呀！而且，就是京剧，也有些很好的东西。比如大家都知道的《四进士》，用了那样多的典型的细节，刻画了宋士杰这样一个独特的人物，这就不用说了。我以为这出戏放在世界戏剧名作之林中，是毫不逊色的。再如《打渔杀家》里萧恩和桂英离家时的对话：

萧恩　开门哪！（出门介）

桂英　爹爹请转。

萧恩　儿呀何事？

桂英　这门还未曾上锁呢。

萧恩　这门嗐，关也罢不关也罢。

桂英　里面还有许多动用家具呢。

萧恩　傻孩子呀，门都不要了，要家具做甚哪！

桂英　不要了？

萧恩　不明白的冤家呀！……

我觉得这是小说，很好的小说。我觉得写小说的，也是可以从戏曲里学到很多东西的。

戏曲、京剧，有些手法好像是旧。但是中国人觉得它旧，外国人觉得它很新。比如“自报家门”，这就比用整整一幕戏来介绍人物省事得多。比如布莱希特的“间离效果”说，是受了中国戏曲的启发而提出来的，这很新呀！

我觉得我们不要妄自菲薄，数典忘祖。我们要“以故为新”，从遗产中找出新的东西来。特别是搞西方现代派的同志，我建议他们读一点旧文学，用比较文学的方法研究研究中国的古典文学。我总是希望能把古今中外熔为一炉。

我搞京剧，有一个想法，很想提高一下京剧的文学水平，提高其可读性，想把京剧变成一种现代艺术，可以和现代文学作品放在一起，使人们承认它和王蒙的、高晓声的、林斤澜的、邓友梅的小说是一个水平的东西，只不过形式不同。

搞搞京剧还有一个好处，即知道戏和小说是两种东西（当然又是相通的）。戏要夸张，要强调；小说要含蓄，要淡远。李笠翁说写诗文不可说尽，十分只能说二三分；写戏剧必须说尽，十分要说到十分。这是很有见地的话。托尔斯泰说人是不能用警句交谈的，这是指的小说；戏里的人物是可以用警句交谈的。因此，不能把小说写得像戏，不能有太多情节、太多的戏剧性。如果写的是一篇戏剧性很强的小说，那你不如干脆写成戏。

以上是一个两栖类的自白。

除了搞戏，我还搞过曲艺，编过《说说唱唱》；搞过民间文学，编了好几年《民间文学》。“文化大革命”以后，我发表的第一篇作品不是小说，而是民间文学的论文，而且和甘肃有点关系，是《“花儿”的格律》。我觉得这对写小说没有坏处。特别是民间文学，那真是一个宝库。我甚至可以武断地说，不读一点民歌、民间故事，是不能成为一个好小说家的。

我这个两栖类，这个“杂家”有点什么经验？一个是要尊重、热爱祖国的文学艺术传统；一个是兼收并蓄，兴趣更广泛一些，知识更丰富一些。

我希望有更多的两栖类，希望诗人、小说家都来写写戏曲。

听遛鸟人谈戏

近年我每天早晨绕着玉渊潭遛一圈。遛完了，常找一个地方坐下听人聊天。这可以增长知识，了解生活。还有些人不聊天。钓鱼的、练气功的，都不说话。游泳的闹闹嚷嚷，听不见他们嚷什么。读外语的学生，读日语的、英语的、俄语的，都不说话，专心致意把莎士比亚和屠格涅夫印进他们的大脑皮层里去。

比较爱聊天的是那些遛鸟的。他们聊的多是关于鸟的事，但常常联系到戏。遛鸟与听戏，性质上本相接近。他们之中不少是既爱养鸟，也爱听戏，或曾经也爱听戏的。遛鸟的起得早，遛鸟的地方常常也是演员喊嗓子的地方，故他们往往有当演员的朋友，知道不少梨园掌故。有的自己就能唱两口。有一个遛鸟的，大家都叫他“老包”，他其实不姓包，因为他把鸟笼一挂，自己就唱开了：“包龙图打坐在开封府……”就这一句。唱完了，自己听着不好，摇摇头，接茬再唱："包龙图打坐……"

因为常听他们聊，我多少知道一点关于鸟的常识。知道画眉的眉子齐不齐，身材胖瘦，头大头小，是不是"原毛"，有"口"没有，能叫什么玩意儿：伏天、喜鹊——大喜鹊、山喜鹊、苇咋子、猫、家雀打架、鸡下蛋……知道画眉的行市，哪只鸟值多少"张"——一"张"，是一张拾圆的钞票。他们的行话不说几十块钱，而说多少张。有一个七十八岁的老头，原先本是勤行，他的一只画眉，人称鸟王。有人问他出不出手，要多少钱，他说："二百。"遛鸟的都说："值！"

我有些奇怪了，忍不住问：

"一只鸟值多少钱，是不是公认的？你们都瞧得出来？"

几个人同时叫起来："那是！老头的值二百，那只生鸟值七块。梅兰芳唱戏卖两块四，戏校的学生现在卖三毛。老包，倒找我两块钱！那能错了？"

"全北京一共有多少画眉？能统计出来么？"

"横是不少！"

"'文化大革命'那阵没有了吧？"

"那会儿谁还养鸟哇！不过，这玩意儿禁不了。就跟那京剧里的老戏似的，'四人帮'压着不让唱，压得住吗？一开了禁，你瞧，呼啦——全出来了。不管是谁，禁不了老戏，也就禁不了养鸟。我把话说在这儿：多会儿有画眉，多会儿他就得唱老戏！报上说京剧有什么危机，瞎掰的事！"

这位对画眉和京剧的前途都非常乐观。

一个六十多岁的退休银行职员说：“养画眉的历史大概和京剧的历史差不多长，有四大徽班那会儿就有画眉。”

他这个考证可不大对。画眉的历史可要比京剧长得多，宋徽宗就画过画眉。

“养鸟有什么好处呢？”我问。

“嗐，遛人！”七十八岁的老厨师说，“没有个鸟，有时早上一醒，觉得还困，就懒得起了；有个鸟，多困也得起！”

“这是个乐儿！”一个还不到五十岁的扁平脸、双眼皮很深、络腮胡子的工人——他穿着厂里的工作服，说。

“是个乐儿！钓鱼的、游泳的，都是个乐儿！”说话的是退休银行职员。

“一个画眉，不就是叫么？怎么会有那么大的差别？”

一个戴白边眼镜的穿着没有领子的酱色衬衫的中等老头儿，他老给他的四只画眉洗澡——把鸟笼放在浅水里让画眉抖擞毛羽，说：

“叫跟叫不一样！跟唱戏一样，有的嗓子宽，有的窄，有的有膛音，有的干冲！不但要声音，还得要‘样’，得有‘做派’，有神气。您瞧我这只画眉，叫得多好！像谁？”

像谁？

“像马连良！”

像马连良？！

我细瞧一下，还真有点像！它周身干净利索，挺拔精神，叫的时候略偏一点身子，还微微摇动脑袋。

“潇洒！”

我只得承认：潇洒！

不过我立刻不免替京剧演员感到一点悲哀，原来在这些人的心目中，对一个演员的品鉴，就跟对一只画眉一样。

“一只画眉，能叫多少年？”

勤行老师傅说：“十来年没问题！”

老包说：“也就是七八年。就跟唱京剧一样：李万春现在也只能看一招一式，高盛麟也不似当年了。”

他说起有一年听《四郎探母》，甭说四郎、公主，佘太君是李多奎，那嗓子，冲！他慨叹说：

“那样的好角儿，现在没有了！现在的京剧没有人看——看的人少，那是啊，没有那么多好角儿了嘛！你再有杨小楼，再有梅兰芳，再有金少山，试试！照样满！两块四？四块八也有人看！——我就看！卖了画眉也看！”

他说出了京剧不景气的原因：老成凋谢，后继无人。这与一部分戏曲理论家的意见不谋而合。

戴白边眼镜的中等老头儿不以为然：

“不行！王师傅的鸟值二百（哦，原来老人姓王），可是你叫个外行来听听：听不出好来！就是梅兰芳、杨小楼再活回来，你叫那边那几个念洋话的学生来听听，他也听不出好来。不懂！现而今这年轻人不懂的事太多。他们不懂京剧，那戏园子的座儿就能好了哇？”

好几个人附和：“那是！那是！”

他们以为京剧的危机是不懂京剧的学生造成的。如果现在的学生都像老舍所写的赵子曰，或者都像老包，像这些懂京剧的遛鸟的人，京剧就得救了。这跟一些戏剧理论家的意见也很相似。

然而京剧的老观众，比如这些遛鸟的人，都已经老了，他们大部分已经退休。他们跟我闲聊中最常问的一句话是：“退了没有？”那么，京剧的新观众在哪里呢？

哦，在那里：就是那些念屠格涅夫、念莎士比亚的学生。

也没准儿将来改造京剧的也是他们。

谁知道呢！

读剧小札

《玉堂春》

起解前，大段反二黄前面，苏三和崇公道有几句对白，苏三说："如此老伯前去打点行李，待我辞别狱神，也好趱路。"有些演员把"辞别狱神"改成了"待我辞别辞别"，实在没有必要。原来的念白，让我们知道监狱里有一尊狱神，犯人起解前要拜别狱神，这是规矩。这可以使后来的观众了解一点监狱的情况，这个细节是很真实的。而且苏三的唱词是向狱神的祷告，这样苏三此时的思想情绪，她的忧虑和希望，也才有个倾诉的对象。改成"辞别辞别"，跟谁辞别？跟同监的难友？但唱词不像是和难友的交流。

去掉狱神，想必因为这是迷信。怎么会是迷信呢？狱神是客观存在。这出戏并未渲染神的灵验，不是宣传迷信。五十年代改戏，往往有这种简单化的做法，一提到神、鬼，就一刀切掉，结果是损伤了生活的真实。

起解唱词好像有点前后矛盾。“苏三离了洪洞县，将身来在大街前”，已经离了洪洞县了，怎么又来在大街前呢？前面唱过“离了洪洞县”了，后面怎么又唱“低头出了洪洞县境”？只能这样解释：“离了洪洞县”是离了洪洞县衙，“低头出了洪洞县境”是出了洪洞县城。大街是十字街，这样苏三才能跪在当街，求人带信给王金龙。出了城，来往的人少了，崇公道才能给苏三把刑枷去掉。这是合理的。洪洞县在太原南面，苏三、崇公道出的是洪洞县北门。我到洪洞县看过（假定苏三故事是出在洪洞县的），地理方向大致不错。

流水板唱词有两句：“人言洛阳花似锦，偏我来时不逢春。”很多人不解所谓。这里不是洛阳，也没有花。这是罗隐的诗。苏三唱此，只是说不凑巧而已。罗隐诗很通俗，苏三读过或唱过，即景生情，移用成句，是有可能的。

西皮慢板第三、四句的唱词原来是“想当初在院中缠头似锦”改成了“艰苦受尽”。“缠头似锦”和“罪衣罪裙”是今昔对比。“艰苦受尽”和“罪衣罪裙”在意思上是一顺边。改戏的人大概以为凡是妓女，都是很“艰苦”的，但是玉堂春是身价很高的名妓呀！或者以为苏三不应该留恋过去的生活，她应该控诉旧社会！

《玉堂春》(《三堂会审》)是一场非常别致的戏。京剧编剧有两大忌讳：一是把演过的情节再唱一遍，行话叫作“倒粪”；一是没有动作，光是一个人没完没了地唱。“玉堂春”敢冒不韪，知难而进。苏三把过去的事情从头至尾历数了一遍。唱词层次非常清楚。唱腔和唱词情绪非常吻合。这场戏运用了西皮的全部板式，起伏跌宕，有疾有徐，极为动听。《玉堂春》和《四郎探母》的唱腔是京剧唱腔的两大杰作。苏三的外部动作不多，但是内心活动很丰富。整场戏就是一个人跪在下面唱，三个问官坐在上面听，但是四个人都随时在交流，一丝不懈。这样的处理，在全世界的戏剧中实为仅见。戏曲十分重视演员和观众的交流。这场戏有一个聪明的调度——“脸朝外跪”。本来朝上回话，哪有背向问官的道理呢？这是为了使观众听得真凿，看得清楚。这跟《四郎探母》的“打坐向前”是一个道理。无缘无故的，叫丫鬟打坐向前干什么？

《玉堂春》有两句白和唱：“头一个开怀是哪一个？”——“十六岁开怀是那王……王公子。”有人把“开怀”改成了“结交”。这是干什么？“开怀”是妓院里的行话，也并不“牙碜”。下面还有两句唱“不顾腌臜怀中抱，在神案底下叙一叙旧情”。一个演员唱这出戏，把这两句删掉了，想是因为这是黄色。一个妓女这样表达感情，是很自然的。只要演得不过于绘形绘色，我看没有什么不可以。

《玉堂春》是谁改的？可能是朱熹。

《四进士》

两个差人受田伦之命到信阳州道台衙门顾读处下书行贿，住在宋士杰店中。宋士杰偷拆了书信，套写在衣襟之上。第二天早晨，差人起来，跟宋士杰说："跟您借一样东西。"宋士杰接口就说："敢莫是坛子？"旧时行贿，不能大明大白把银子送去，多是把银子放在酒坛里，装着送的是酒，好遮人耳目。这一套，宋士杰门儿清，所以立即就问："敢莫是坛子？"这一细节，表现出宋士杰对官场积弊了如指掌，是个成了精的老吏。两个差人回了一句："你倒是老在行！"这里，差人应该有点表演，先表现出惊愕，再表现心照不宣。宋士杰微微一笑。这样这个细节才突出。通常演出，差人无表情，只是平平说过。这样这个细节就"兀突"了。演差人的两个丑角大概也不知道这是什么意思。剧作者表现宋士杰的性格的这一小小闲笔也就被观众忽略了，可惜！

顾读的师爷上场念了一副对子："清早起来冷飕飕，吃了泡饭热呵呵。"许多演师爷的丑角演员只是随师傅照葫芦画瓢地念，不知念的是什么。师爷是绍兴人，念的是绍兴话。早上起来吃泡饭，这也很有绍兴特点。师爷拿走田伦贿赂顾读的银子，唱了两句：“三百两银子到我手，管他丢官不丢官！”曲调是绍兴高调。从前上海有个专演师爷的丑，唱这两句绍兴味很足。这位演员在下场前还有几句念白：“我拿了银子回家去买霉干菜去哉！”霉干菜是绍兴特产，上海人多知道，所以听了都大笑。北京观众无此反应。

从前唱丑的都要会说几种方言。比如《荡湖船》是要念苏白的。后来唱丑的大都不会了。只有《打砂锅》还念山西话，《野猪林》里的解差说山东话。丑应该会说几个省的方言，否则叫什么丑呢。

《中国京剧》序

小小年纪，他就会唱：
“一马离了西凉界。”
——卞之琳

卞之琳是浙江人，说起话来北方人听起来像南方话，南方人听起来像北方话。他大概不大看京剧。但是生活在北京这个环境里，大街小巷随时听得到京剧，真是“洋洋乎盈耳”。我觉得卞之琳其实是很懂京剧的。这个唱“一马离了西凉界”的孩子，不但会这句唱腔，而且唱得“有味儿”，唱出了薛平贵满腹凄怆的感情。

京剧作为一种“非书面文化”，其影响之深远，也许只有国画和中国烹饪可以与之相比。

京剧文化是一种没有文化的文化。京剧原本没有剧作者。唐三千、宋八百的本子不知是什么人，怎么“打”出来的。周扬说过，京剧对于历史事件、历史人物往往是简单化的。但是人们容忍了这种简单化，习惯于简单化。有的京剧歪曲了历史。比如刘秀没有杀戮功臣，云台二十八将的结局是很风光的，然而京剧舞台上演的是《打金砖》。谁也没有办法。观众要看，要看刘秀摔“硬僵尸”。京剧有一些是有文学性的，时有俊语，如“走青山望白云家乡何在”(《桑园寄子》)、“一轮明月照芦花”(《打渔杀家》)，但是大部分唱词都很“水”。有时为了“赶辙”，简直不知所云。《探皇陵》里的定国公对着皇陵感叹了一番，最后一句却是“今日里为国家一命罢休”，这位元老重臣此时并不面临生与死的问题啊，怎么会出来这么一句呢？因为这一段是“由求”辙。《二进宫》李艳妃唱的是“李艳妃设早朝龙书案下”。张君秋收到一个小学生的信，说：“张叔叔，您唱的李艳妃怎么会跑到书桌底下去设早朝呀？”君秋也觉得不通，曾嘱我把这一段改改。没法改，因为全剧唱词都是这样，几乎没有一句是通的。杨波进宫前大唱了一段韩信的遭遇，实在是没有来由。听谭富英说，原来这一段还唱到“渔樵耕读”，言菊朋曾说要把这段教给他。听说还有在这段里唱“四季花”的。有的唱词不通到叫人无法理解，不通得奇怪，如《花田错》的“桃花不比杏花黄”。桃花杏花都不黄，只因为这段是“江阳”。京剧有些唱词是各戏通用的，如《点绛唇》“将士英豪，儿郎虎豹……”长靠戏的牌子《石榴花》《粉蝶儿》都是一套，与剧情游离。有的武生甚至把《铁笼山》的牌子原封不动地唱在《挑滑车》里。有的戏没有定本，只有一个简略的提纲，规定这场戏谁上，“见”谁，大体情节，唱念可以由演员随意发挥，谓之“提纲戏”“幕表戏”或“跑梁子”。马长礼曾在天津搭刘汉臣的班。刘汉臣排《全本徐策》，派长礼的徐夫人。有一场戏是徐策在台上唱半天，“甩”下一句“腿”，徐夫人上，接这句“腿”。长礼问：“我上去唱什么？”——“你只要听我在头里唱什么辙，缝上，就行了。”长礼没听明白刘汉臣唱的什么，只记住是“发花”辙。一时想不出该唱什么。刘汉臣人称“四爷”，爱在台上“打哇呀”，这天他又打开了“哇呀”，长礼出场，接了一句：“四爷为何打哇呀？”

既然京剧是如此的没文化，为什么能够存在了小二百年，为什么会有那么多演员，有才华的演员，那么多观众，那么多戏迷，那么多票友，艺术造诣很深的名票？像红豆馆主就是这样的名票，像言菊朋这样下海的票友，他们都是有文化的，未必他们不知道京剧里有很多“水词”，很多不通的唱词？但是他们照样唱这种不通的唱词，很少人想改一改（改唱词就要改唱腔）。京剧有一套完整的程式，唱、念、做、打、手、眼、身、法、步。这些程式可以有多种组合，变化无穷，而且很美。京剧的念白是一个古怪的东西，它是在湖北话的基础上（谭鑫培的家乡是说湖北话的，一直到谭富英还会说湖北话）形成的一种特殊的语言，什么方言都不是，和湖北话也有一定的距离（谭鑫培的道白湖北味较浓，听《黄金台》唱片就可发现）。但是它几乎自成一个语系，就是所谓"韵白"。一般演员都能掌握，拿到本子，可以毫不费事地按韵白念出来，而且全国京剧都用这种怪语言。这样语言形成一种特殊的文体，尤其是大段念白，即顾炎武所说的"整白"（相对于"散白"），不文不白，似骈似散，抑扬顿挫，起落铿锵，节奏鲜明，很有表现力（如《审头刺汤》《四进士》）。京剧的唱是一个更加奇怪的东西。决定一个剧种的特点的，首要的是它的唱。京剧之所以能够成为全国性的大剧种，把汉剧、徽剧远远甩在后面，是因为它在唱上大大地发展了。京剧形成许多流派，主要的区别在唱。唱，包括唱腔和唱法，更重要的是唱法，因为唱腔在不同流派中大同小异。中国京剧的唱法有一个玄而又玄的概念，叫作"味儿"，有味儿，没味儿；"挂"味儿，不"挂"味儿。这在外国人很难理解。帕瓦罗蒂对余叔岩的唱法一定不能理解，他不明白"此一番领兵……"的"擞"是怎么弄出来的。他一定也品不出余派的"味儿"。京剧的唱造成京剧鲜明的民族特点。在代代相传、长期实践中，京剧演员总结出了一些唱念表演上的带规律性的东西，如"先打闪，后打雷"——演唱得"蓄势"，使观众有预感。如"逢大必小，逢左必右"，这是概括得很好的艺术辩证法。

如台上要是“一棵菜”——强调艺术的完整性。

京剧演员大都是“幼而失学”，没有读过多少书，文化程度不高。裘盛戎说他自己是没有文化的文化人，没有知识的知识分子。但是很奇怪，没有文化，对艺术的领悟能力却又非常之高。盛戎排过《杜鹃山》，原来有一场“烤番薯”，山下断粮，以番薯代饭，番薯烤出香味，雷刚惦记山下乡亲在受难，想起乡亲们待他的好处，有这样两句唱：

一块番薯掰两半，

曾受深恩三十年。

设计唱腔的同志不明白“一块番薯掰两半”是什么意思。盛戎说：“这怎么不明白？‘一块番薯掰两半’，有他吃的就有我吃的！”他在唱法上这样处理：“掰两半”虚着唱，带着遥远的回忆；“深恩”二字用了浑厚的胸腔共鸣，倾出难忘的深情。盛戎那一代名演员都非常聪明，理解得到，就表现得出。李少春、叶盛兰都是这样。他们是一代才人，一批京剧才子，这一代演员造成京剧真正的黄金时期。为什么会这样？因为他们在几代人积累起来的京剧文化里长大的。

京剧文化成了风靡全国的文化，一种独特的文化传统。这种文化不仅造就了京剧自身，也影响了其他艺术，诸如年画、木雕、泥人、刺绣。不能不承认，京剧文化是一种文化，虽然它是没有文化的文化。又因为它是没有文化的文化，所以现在到了“夕阳无限好，只是近黄昏”的时候。这是一种没有文化的文化，这是京剧走向衰落的根本原因。命中注定，无可奈何。

《西方人看中国戏剧》读后

施叔青在纽约从电视里看到《秋江》，激动得不得了，“想到我们这一辈年轻人，只顾一味地往外冲，盲目地崇洋，对于自己的文化忽略漠视，更可能是故意的鄙弃。这是多么不可原谅的一件事”。我倒觉得，跑出去，看看人家的戏，读读西方的剧本和戏剧理论——包括西方人对中国戏剧的看法，再回过头来审视中国戏曲，是有好处的。我一直主张中国的戏曲研究者把中国戏曲和外国戏剧——比如印度的、欧洲的放在一起，从一个宏观的、俯视的角度来看看，这样才能把中国戏曲是个什么东西，说得比较清楚。施叔青如果不是到美国学了几年戏剧，就不会对中国戏曲有这样比较清醒也比较新鲜的看法。

贯穿全书，有一个重要观点，是把戏曲和中国文化联系起来考察。戏曲是一种文化现象，是整个中国文化的一个部分，并和中国文化的其他方面息息相关。这是施叔青的老师俞大纲教授的观点，也是施叔青奉为圭臬的观点。施叔青在序里说：“老师的高妙在于他能把握重点，从大的、根本性的地方着手。他讲京剧，其实是在讲中国文化。”

俞教授认为：“中国文化主要的一点，是受儒家思想的支配，儒家思想的根据是伦理观念，所以中国是个以伦理思想为主的民族，中国人基于伦理而形成一种文化模式。对中国人而言，伦理的意识代替了东方和西方的宗教道德观念。”伦理观念不但是戏剧的思想内核，而且直接影响到戏剧形式。“中国戏曲在抒写各种人与人之间的相互的故事，人际关系的接触，可以烘托出人物的性格与德性。人际关系以及人与自己性格的协调，便是京剧剧本的冲突性。”我以为这见解是很深刻的。

施叔青指出：中国戏剧无西方式的悲剧，都是千篇一律大团圆的结局，促成这样安排的理由，可能与中国戏的目的有关，它主要偏重在教育功能。“‘善有善报，恶有恶报’的信念必得反映到剧中人上来。我们希望好人在历尽坎坷辛酸之余，最后应该有完满的下场，否则观众要抱憾离去的。”这似乎是大家都知道的事实，但是我们往往不正视这样的事实。

我觉得我们在处理京剧剧本时不能简单地对其中的伦理意识加以批判，或者抛弃。把这些都当成“封建糟粕”，予以剔除，是过于省事的办法。而且“剔除”也不易，正如施叔青所说：“忠孝节义”已经不是抽象的思想，而是具体的“现象”了。把这些剔除了，原来的剧本就不存在。中国的伦理观念不只具有阶级属性，同时是一种普遍的人性。它不随着封建时代的结束而消失。提起“大团圆”，有人就会皱眉，仿佛这是很丢脸的事。希腊悲剧英雄的结局未必一定就是唯一可取的，“大团圆”也没有什么不好。这和中国戏曲的重伦理有关，是中国戏曲常有的本质性的特征。如何对待这些问题，不属本文讨论的范围。我只是从读施叔青的书后，得到启发，觉得这些问题需要重新认识。——我想不会有人产生误解，以为我对传统戏曲主张原封不动。

近年来，布莱希特在中国产生很大影响。都说布莱希特从中国戏曲受到很大启发。一般都对他的“间离效果”很有兴趣，施叔青指出，布莱希特还“十分重视中国戏剧中的教诲功能，以及它所含有的道德内容”。一提“教诲功能”，有人就十分厌烦。这一点我们也需要重新认识。布莱希特的戏，比如《高加索灰阑记》，教诲功能是很清楚的，但不妨碍其为杰出的艺术。我希望我们的剧作家不要鄙视教诲功能，只是不要搞得那样浅露。

施叔青介绍了传播中国戏曲的几位名家，其中史考特是“忠实的移植”者，他导演了《四郎探母》《蝴蝶梦》。他对《蝴蝶梦》(《大劈棺》)的主题解释(不知是史考特自己的阐述还是施叔青的揣测)，我觉得很深刻：

《蝴蝶梦》的主题在述说着人在接受试探时，才

> 反映人性的脆弱，以及容易受诱惑的劣根性，想要执着的困难。这是种普遍的人性。

《大劈棺》在大陆事实上已经禁演，但是如果按照这样的解释，把它重写一遍，我以为会是一出好戏。施叔青对“二百五”被点化成人的过程极感兴趣，以为“其中道理之玄秘，以及‘点化’这一举动背后所隐藏的宗教哲学，更显出中国精神的深不可测”。我觉得施叔青的理解，真是“妙不可言”，可惜过去的演员不大懂得其中的玄秘。

《拾玉镯》的研究，通过对一出戏的分析，广涉中国戏曲的若干带有原理性的问题，照大陆的流行说法，是“解剖麻雀”。“中国人创造花旦的心理”一节最为精辟。施叔青以为“倘若以心理学的观点来探讨，花旦的产生可以说，在潜意识里是针对老生、青衣所标榜的道德的一种反叛”，“中国男人可以一边欣赏花旦的妖媚风骚，而不与他所尊敬的贞节烈女相冲突。可以说，青衣是男人的理想，花旦则是他们可亲的伴侣”，可谓发前人所未发，却也言之成理。此文的后半截是关于《拾玉镯》的详尽身段谱。中国许多戏都应有这样的身段谱。

我对台湾歌仔戏一无所知，但是看了《台湾歌仔戏》这部分文章，觉得很亲切。《危楼里的老艺人》《阿花入城记》是两篇访问记，作者看来只是忠实地、客观地记述两位歌仔戏的艺人生涯，没有加进自己很多的感情色彩，然而凄恻同情，溢于言表。《台湾歌仔戏初探》是一篇科学的、全面的调查报告。这是一篇学术的论文，而且那样长（共一百〇八页），但读起来趣味盎然，丝毫不觉得沉闷，因为文笔极好。施叔青是小说家，她是用写小说的笔写学术论文的。她在《哭俞老师》中说："《拾玉镯》一文，以及其他有关中国戏剧的论述，我都是充分地用自己的想象力，很文学而抒情地来注释一些需要证据的问题，至于坐图书馆翻书，全不是我的兴趣所在。"把学术性和抒情性结合起来，是本书的始终一贯的特点。这一特点正是目前的学术文章（包括关于戏曲的论文）所缺乏的。

关于木偶、曲艺部分，我实在太生疏，只能当散文读，不能赞一词。

应该争取有思想的年轻一代

——关于戏曲问题的冥想

戏曲（我这里主要说的是京剧）不景气，不上座，观众少，原因究竟何在？我认为，根本的原因是：它太陈旧了。

戏曲的观众老了。说他们老，一是说他们年纪大了，二是说他们的艺术观过于陈旧。中国虽有“高台教化”的说法，但是一般观众（尤其是城市观众）对于真和善的要求都不是太高，他们看戏，往往只是取得一时的美的享受，他们较多注重的是戏曲的形式美（包括唱念做打）。因此，中国戏曲最突出的东西，也就是形式美。相当多的戏曲剧目的一个致命的弱点，是缺乏思想——能够追上现代思潮的新的思想。戏曲落后于时代，这是无法否认的事实。

戏曲的观众需要更新。老一代的观众快要退出剧场，也快要退出这个世界了。戏曲需要青年观众。

但是青年爱看戏曲的很少。

什么原因？

有人说青年人对戏曲形式不熟悉。有这方面的原因。单是韵白，年轻人就听着不习惯。板腔、曲牌，他们也生疏。但是形式不是那样难于熟悉的。有一个昆曲剧院到北大给学生演了两场，看的青年惊呼：我们祖国还有这样美好的艺术！青年的艺术趣味在变。他们对流行歌曲已经没有兴趣。前二年兴起的一阵西洋古典音乐热，不少人迷上了贝多芬。现在又有人对中国的古典艺术产生兴趣了。中国戏曲既然具有那样独特的形式美，它们是能够征服年轻人的。并且由于青年的较新的审美趣味，也必然会给戏曲的形式美带来新的风采。

有人说，因为戏曲的节奏太慢，和现代生活的节奏不合拍，年轻人看起来着急。这也有点道理。但是生活的节奏并不能完全决定艺术的节奏；而且如果仅仅是节奏慢的问题，那么好办得很，把节奏加快就行了。事实上已经有人这样做。去掉废场子、废锣鼓，把慢板的尺寸唱得近似快三眼，不打"慢长锤"……但是这不能解决根本问题。

要争取青年观众，首先要认识青年，研究当代青年的特点。

我们的青年是思索的一代、理智的一代。他们是热情的、敏锐的，同时也是严肃的、深刻的。不少人具有揽辔澄清、以天下为己任的心胸，戏曲应该满足他们的要求。

当然，首先应该多演现代戏。这不是那种写好人好事的现代戏。企图在舞台上树立几个可供青年学习的完美的榜样的想法是天真的。青年希望在舞台上看到和他们差不多的人，看到他们自己。写一个改革者不能只是写他怎样大刀阔斧地整顿好一个企业。青年人从他们切身的感受中，知道事情绝不那样简单。法律面前人人平等，是一个迫切地需要宣传的思想，但是不能只是写出一个具有法制思想的正面人物，写出一个概念。一个企图体现这样思想的人必然会遇到许多从外部和内部来的阻力、压力、痛苦。现在时兴一个词语，叫作“阵痛”。任何新的事物的诞生，都要经过阵痛。年轻人对这种阵痛最为敏感。他们在看戏的时候，希望体验到这种阵痛，同时，在思索着，和剧中人一起在思索着。没有痛苦，就没有思索。轻松的思索是没有的。而真正的欢乐，也只有通过痛苦的思索才能得到。由痛苦到欢乐的人物性格必然是复杂的，他们的心理结构是多层次的，他们的思想是丰富的。从某种意义上说，每个改革者都是一个思想家，或者简单一点说，是个有头脑的人。这对于戏曲来说是有困难的。戏曲一般不能有这样大的思想容量；以“一人一事”为主要方式的戏曲结构也不易表现复杂的性格。这是戏曲改造的一个难题，但又是一个必须克服的难题。否则戏曲将永远是陈旧的。

历史剧的作用不可忽视。中国戏曲长于表现历史题材，这是一种优势。但是大部分戏曲都把历史简单化了。我发现不少青年人对历史产生了浓厚的兴趣。这是很自然的。他们思索着许多问题，他们要了解我们这个民族，这个民族的现状、未来，自然要了解这个民族的性格是怎样形成的，要了解它的昨天。我们多年以来对历史剧的要求多少有一点误解，即较多看重它们的教诲作用，而比较忽视它们的认识作用，因此对许多历史人物的是非功过纠缠不休。其实通过这些历史人物（包括虚构的人物）能够让我们了解那个历史时期，了解我们这个民族的某些特点、某些观念，就很不错了。比如《烂柯山》这出戏，我们不必去议论谁是谁非，不必去同情朱买臣，也不必去同情崔氏。但是我们知道了，并且相信了过去曾经有过那样的事，我们看到“夫贵妻荣”“从一而终”这样的思想曾经深刻地影响过多少人，影响朱买臣，也影响了崔氏。朱买臣和崔氏都是这种观念的痛苦的牺牲品。这是我们民族的一个病灶，到现在还时常使我们隐隐作痛。我觉得经过改编的《烂柯山》是能起到这样的作用的，改编者所取的角度是新的、好的。又比如《一捧雪》。我们既不能把莫成当一个“义仆”来歌颂，也不必把他当一个奴才来批判，但是我们知道，并且也相信，过去曾经有过那样的事。不但可以“人替人死”，而且在临刑前还要说“能替主人一死，乃是大大的喜事”，要大笑三声——这是多么惨痛的笑啊！通过这出戏，可以让我们看到等级观念对人的毒害是多么酷烈，一个奴才的“价值”又是多么的低！如果经过改编的戏，能产生这样的效果，我觉得就很不错了。这样的戏，是能满足青年在理智方面的要求的。我觉得许多老戏，都可以从一个新的角度，用一种新的思想、新的方法重新处理，彻底改造。

我们的青年，是一大批青年思想者。他们要求一个戏，能在思想上给予他们启迪，引起他们思索许多生活中的问题。

因此，要求戏曲工作者，首先是编剧，要有思想。我深深感到戏曲编剧最缺乏的是思想。——当然包括我自己在内。

词曲的方言与官话

我的家乡，宋代出了个大词人秦观，明代出了个散曲大家王磐。我读他们的作品，有一点外乡人不大会有的兴趣，想看看他们的作品里有没有高邮话。结果是，秦少游的词里有，王西楼的散曲里没有。

夏敬观《手批山谷词》谓：“以市井语入词，始于柳耆卿，少游、山谷各有数篇。”今检《淮海居士长短句》，“以市井语入词”者似只三首。一首《满园花》，两首《品令》。《满园花》不知用的是什么地方的俚语，《品令》则大体上可以断定用的是高邮话。《品令》二首录如下：

一、幸自得。一分索强，教人难吃。好好地，恶了十来日。恰而今，较些不？　须管啜持教笑，又也何须肐织！衡倚赖脸儿得人惜。放软顽、道不得！

二、掉又臞。天然个品格，于中压一。帘儿下，时把鞋儿踢。语低低、笑咭咭。　　每每秦楼相见，见了无门怜惜。人前强，不欲相沾识。把不定、脸儿赤。

首先是这首词的用韵。刘师培《论文杂记》：“宋人词多叶韵，……（秦观《品令》用织、吃、日、不、惜为韵，则职、锡、质、物、陌五韵可通用矣）。”刘师培是把官修诗韵的概念套用到词上来了。“职、锡、质、物、陌”五韵大概到宋代已经分不清，无所谓“通用”。毛西河谓“词本无韵”，不是说不押韵，是说词本没有官定的。或具有权威的韵书，所押的只是“大致相近”的韵。张玉田谓：“词以协律，当以口舌相调。”只要唱起来顺口，听起来顺耳，就行。《品令》所押的是入声韵，入声韵短促，调值相近，几乎可以归为一大类，很难区别。用今天的高邮话读《品令》，觉得很自然，没有一点别扭。

焦循《雕菰楼词话》：“秦少游《品令》‘掉又臞，天然个品格’，此正秦邮土音，今高邮人皆然也。”焦循是甘泉人，于高邮为邻县，所言当有据。其实不只这一个“个”字，凭直觉，我觉得这两首词通篇都是用高邮话写的。“肐织”旧注以为“即‘膪’，意犹多曲折，不顺遂”，不可通。朱延庆君以为“肐织”即“胳肢”，今高邮人犹有读第二字为入声者，其说近是。“啜持”是用甜言蜜语哄哄。整句意思是：说两句好听的话哄哄你，准能教你笑，也用不着賂肢你！这两首词皆以方言写艳情，似是写给同一个人的，这人是一个惯会撒娇使小性儿的妓女。《淮海居士长短句·附录二秦观词年表》推测二词写于熙宁九年。这年少游二十八岁，在家乡闲居，时作冶游，所相与的妓女当也是高邮人，故以高邮方言写词状其娇痴，这也是很自然的。词的语句，虽如夏敬观所说“时移世易，语言变迁，后之阅者渐不能明”，很难逐句解释，但用今天的高邮话读起来，大体上还是能体味到它的情趣的，高邮人对这两首词会感到格外亲切。

少游有《醉乡春》，如下：

> 唤起一声人悄，衾冷梦寒窗晓。瘴雨过，海棠开，春色又添多少。　　社瓮酿成微笑，半缺椰瓢共舀。觉顷倒，急投床，醉乡广大人间小。

此词是元符元年于横州作，用的是通行的官话，非高邮土音。但有一个字有点高邮话的痕迹：“舀”。王本补遗案曰：“地志作‘酌’，出韵，误。”《词品》卷三：“此词本集不载，见于地志。而修《一统志》者不识‘舀’字，妄改可笑。”《雨村词话》：“舀，音咬，以瓢取水也。”《词林纪事》卷六按："换头第二句'舀'字，《广韵》上声三十'小'部有此字，以治切，正与'悄'字押。"看来有不少人不认识这个字，但在高邮，这不是什么冷字。高邮人谓以器取水皆曰舀，不一定是用瓢。用一节竹筒旁安一长把，以取水，就叫作"水舀子"。用瓷勺取汤，也叫作"舀一勺汤"。这个字不是高邮所独有，但少游是高邮人，对这个字很熟悉，故能押得自然省力耳。

王磐写散曲，我一直觉得有些奇怪。在他以前和以后，都不曾听说高邮还有什么人写过散曲。一个高邮人，怎么会掌握这种北方的歌曲形式，熟悉北方语言呢？

《康熙扬州府志》云："王磐，字鸿渐，高邮人，……与金陵陈大声并为南曲之冠。"这"南曲"易为人误会。其实这里所说的"南曲"，是指南方的曲家。王磐所写，都是北曲。王骥德《曲律·论咏物》云"小令北调，王西楼最佳"。又《杂论》举当世之为北调者，谓"维扬则王山人西楼"。又云"客问词人之冠，余曰：于北词得一人，曰高邮王西楼"。任中敏校阅《王西楼乐府》后记："观于此本内无一南曲。"

写北曲得用北方语言，押北方韵。王西楼对此极内行。如《久雪》：

> 乱飘来燕塞边，密洒向程门外，恰飞还梁苑去，又舞过灞桥来。攘攘皑皑，颠倒把乾坤碍，分明将

造化埋。荡磨的红日无光，隈逼的青山失色。

“色”字有两读，一读 se，而在我们家乡是读入声的；一读 shai，上声，这是河北、山东语音，我的家乡没有这样的读音。然而王磐用的这个“色”字分明应该读（或唱）成 shai 的，否则就不押韵。王磐能用 shai 押韵，押得很稳，北曲的味道很浓，这是什么道理呢？是他对《中原音韵》翻得烂熟，还是他会说北方话，即官话？我看后一种可能更大一些，否则不会这样运用自如。然而王西楼似未到过北方，而且好像足迹未出高邮一步，他怎能说北方话？这又颇为奇怪。有一种可能是当时官话已在全国流行，高邮人也能操北语了。我很难想象这位“构楼于城西僻地，坐卧其间”的王老先生说的是怎样的一口官话。

京剧格律的解放

用京剧曲调谱写语录和毛主席诗词，使人们觉得京剧曲谱的能量也是很大的。有些京剧语录和诗词比较勉强，带有明显的削足适履的痕迹。但是有一些是很顺畅的，有气魄、有感情、有意境的，比如裘盛戎唱的“群众是真正的英雄”，李维康唱的“风雨送春归”。有的唱腔设计的同志说：这些都能唱，还有什么不能唱的呢？

这就让人想到另一个问题，为什么京剧唱词的格律一定要死守着二二三、三三四、上下句这样的框框呢？

有没有什么道理？据说是有：这是京剧的唱腔规律所决定的。京剧唱腔每一句分三小节，一小节的拍数是相对固定的，因此唱词字数不能参差；上下句，上句押仄声，下句押平声，是因为平声可以延长，便于“曼声歌唱”，即“使腔”。但是，《贵妃醉酒》的字句并不整齐，它不是板腔体，而是曲牌体，怎么也能唱了呢？平声么？北京话的阴平是高平调，阳平是升调，倒似乎便于延长，然而京剧原用湖广音，湖北话的阳平是降调，不便延长，那又如何解释呢？而且，大家都知道京剧使腔并不都在下句，上句使腔的时候更多一些；而且，京剧的“按字行腔”是指小腔而言，至于大腔，则除了开头部分受字音的制约，字既吐出，下面的腔与字音已经没有关系了。因此，这些道理不能说服人。

只能说，京剧的格律是一个历史的、人为的现象，是习惯，是约定俗成，没有一定的道理。它大概是来源于说唱文学。这样的格律有两个缺点：一是宜于叙事而拙于抒情（旧戏唱词往往有第三人称的痕迹）；二是死板少变化。唱词格律的简陋、死板，很大程度上助长了京剧艺术的凝固性。

老一辈的京剧艺术家已经自觉不自觉地突破了框框。《法场换子》《沙桥饯别》都在二黄三眼里垛了几个四字句。《上天台》的三眼在结尾后又饶了一句“你我是布衣的君臣”，是所谓“搭句”，即唱了两个下句。程砚秋真大胆，他把《胡笳十八拍》的第十四拍一字不动地唱了出来，而且顿挫一如原诗！梅兰芳唱的《三娘教子》：“小东人下学归，我教他拿书来背，谁知他一句也背不出来。手执家法将他打，他倒说我不是他的亲生的娘，啊，老掌家呀！”这是什么？这是散文，根本不押韵！然而很有感情。

我深深感到，京剧格律有突破、丰富的必要。我觉得可以把曲牌体吸收进来。词曲在写情上较之原来规整的古近体诗无疑是一个进步。我曾经按谱填词写过昆曲，发现这种貌似严格的诗体，其实比二二三、三三四自由得多，上下句不必死守，可以连用几个上句，或几个下句，以适合剧中感情的需要。古诗用韵，常常是平仄交替，一段之中也可以转韵。杜甫的古诗都是一韵到底，白居易的古诗就按情绪需要不断地转韵。一段二三十句的京剧唱词，为什么只能一道辙呢？转韵有好处，可以省层次，有转折。我甚至觉得京剧完全可以吸收一些西洋诗的押韵格式，如间行为韵，ABAB；抱韵，ABBA……

不是为格律而格律，不是跟京剧的传统格律捣乱，不是别出心裁，是为了把京剧往前推进一步。新的内容、新的思想、新的感情，要求有新的格律。

当然不是要京剧格律搞得稀里哗啦，原来的格律全部抛弃。主体，仍应是二二三、三三四、上下句。

担心这样搞会不像京剧么？请听《风雨送春归》。

关于《沙家浜》

一九六三年冬天，江青到上海看戏，回北京后带回两个沪剧剧本，一个《芦荡火种》，一个《革命自有后来人》，找了中国京剧院和北京京剧团的负责人去，叫改编成京剧。北京京剧团“认购”了《芦荡火种》。所以选中《芦荡火种》，大概因为主角是旦角，可以让赵燕侠演。《革命自有后来人》，归了中国京剧院，后改编为《红灯记》。

我和肖甲、杨毓珉去改编，住颐和园龙王庙。天已经冷了，颐和园游人稀少，风景萧瑟。连来带去，一个星期，就把剧本改好了。实际写作，只有五天。初稿定名为《地下联络员》，因为这个剧名有点传奇性，可以“叫座”。

经过短时期突击性的排练，要赶在次年元旦上演，已经登了广告。江青知道了，赶到剧场，说这样匆匆忙忙地搞出来，不行！叫把广告撤了。

江青总结了五十年代出现过的一批京剧现代戏失败的

教训，认为这些戏没有能站住，主要是因为质量不够，不能和传统戏抗衡。江青的这个“总结”是对的。后来，她把这种思想发展成“十年磨一戏”。一个戏磨到十年，是要把人磨死的。但是，戏是要“磨”的。萝卜快了不洗泥，是搞不出好戏的。公平地说，“磨戏”思想有其正确的一面。

决定重排，重写剧本。这次参加执笔的是我和薛恩厚。大概是一九六四年初春，住广渠门内一个招待所。我记得那几天还下了大雪，我和老薛踏雪到广渠门里一个饭馆里吃过涮羊肉。前后也就是十来天吧，剧本改出来了。二稿恢复了沪剧原名《芦荡火种》。

经过比较细致的排练，江青看了，认为可以请毛主席看了。

毛主席对京剧演现代戏一直是关心的，并提出过一些很中肯的意见，比如：京剧要有大段唱，老是散板、摇板，会把人的胃口唱倒的。这是针对五十年代的京剧现代戏而说的。五十年代的京剧现代戏确实很少有“上板”地唱，只有一点儿散板、摇板，顶多来一段流水、二六。我们在《芦荡火种》里安排了阿庆嫂的大段二黄慢板“风声紧雨意浓天低云暗”，就是受了毛主席的启发，才敢这样干的。“风声紧雨意浓”大概是京剧现代戏里第一次出现的慢板。彩排的时候，吴祖光同志坐在我的旁边，说：“这个赵燕侠真能沉得住气！”“沉不住气”，是五十年代搞京剧现代戏的同志普遍的创作心理。后来的现代戏，又走了另一个极端，不用散板、摇板。都是上板地唱。不用散板、摇板，就成了一朵一朵光秃秃的牡丹。毛主席只是说不要“老是散板、摇板”，不是说不要散板、摇板。

毛主席看了《芦荡火种》，提了几点意见（是江青向薛恩厚、肖甲等人传达的，我是间接知道的）：

> 兵的音乐形象不饱满；/后面要正面打进去，现在后面是闹剧，戏是两截；/改起来不困难，不改，就这样演也可以，戏是好戏；/剧名可叫《沙家浜》，故事都发生在这里。

我认为毛主席的意见都是有道理的，“态度”也很好，并不强加于人。

有些事实需要澄清。

兵的音乐形象不饱满，后面是闹剧，戏是两截，这都是原剧所存在的严重缺点。原剧的结尾是乘胡传魁结婚之机，新四军战士化装成厨师、吹鼓手，混进刁德一的家，开打。厨师念数板，有这样的词句：“烤全羊，烧小猪，样样咱都不含糊。要问什么最拿手，就数小葱拌豆腐！”而且是“怯口”，说山东话。吹鼓手只有让乐队的同志上场，吹了一通唢呐。这简直是起哄。改成正面打进去，就可以“走边”(“奔袭”),“跟头过城”，翻进刁宅后院，可以发挥京剧的特长。毛主席的意见只是从艺术上、从戏的完整性上考虑的，不牵涉到政治。“要突出武装斗争”，是江青的任意发挥。把郭建光提到一号人物，阿庆嫂压成二号人物，并提高到“究竟是武装斗争领导地下斗争，还是地下斗争领导武装斗争”这样的原则高度，更是无限上纲，胡搅蛮缠。后来又说彭真要通过这出戏来反对武装斗争，更是莫须有的诬陷。

《沙家浜》这个剧名是毛主席定的，不是江青定的。最初提出《芦荡火种》剧名不妥的，是谭震林。他说那个时候，革命力量已经不是星星之火，已经是燎原之势了。谭震林是江南新四军的领导人，他的话是对的。“芦荡”和“火种”，在字面上也矛盾。芦荡里都是水，怎么能保存火种呢？有人以为《沙家浜》是江青取的剧名，并以为《沙家浜》是江青抓出来的。《芦荡火种》和江青的关系不大。一些戏曲史家、戏曲评论家都愿意提《芦荡火种》，不愿意提《沙家浜》，这实在是一种误解。

我们按照江青传达的毛主席的意见，改了第三稿。一九六五年五月，江青在上海审查通过，并定为“样板”。“样板戏”这个叫法，是这个时候开始提出来的。

一九七〇年五月，《沙家浜》定本，在《红旗》杂志发表。

很多同志对“样板戏”的“定本”有兴趣，问我是怎样一个情形。是这样的：人民大会堂的一个厅（我记得是安徽厅），上面摆了一排桌子，坐的是江青、姚文元、叶群（可能还有别的人，我记不清了）。对面是一溜长桌，坐着剧团的演员和我。每人前面一个大字的剧本，后面是她的样板团们一群“文艺战士”。由剧团演员一句一句轮流读剧本。读到一定段落，江青说：“这里要改一下。”当下就得改出来。这简直是“庭对”。她听了，说：“可以。”这就算“应对称旨”。这号活儿，没有一点捷才，还真应付不了。

江青在《沙家浜》创造过程中做了一些什么？

我历来反对一种说法：“样板戏”是群众创作的，江青只是剽窃了群众创作成果。这样说不是实事求是的。不管对“样板戏”如何评价，我对“样板戏”从总体上是否定的，特别是其创作思想——三突出和主题先行，但认为部分经验应该吸收（借鉴），不能说这和江青无关。江青在“样板戏”上还是花了心血、下了功夫的，至于她利用“样板戏”反党害人，那是另一回事。当然，她并未亲自动手写过一句唱词，导过一场戏，画过一张景片[1]，她只是找有关人员谈话，下“指示”。

从剧本来说，她的“指示”有些是有道理的。比如“智

---

[1] 舞台上布景的构件，上有墙壁、门窗、山坡、田野等景物的图案。

斗”一场，原来只是阿庆嫂和刁德一两个人的“背供”唱，江青提出要把胡传魁拉进矛盾里来，这样不但可以展开三个人之间的心理活动，舞台调度也可以出点新东西——“智斗”的舞台调度是创造性的。照原剧本那样，阿庆嫂和刁德一斗心眼，胡传魁就只能踱到舞台后面对着湖水抽烟，等于是“挂”起来了。

有些是没有什么道理的。郭建光出场的唱“朝霞映在阳澄湖上”的第二句原来是“芦花白早稻黄绿柳成行”，她说这三种植物不是一个季节，说她到苏州一带调查过（天知道她调查了没有）。于是只能改成“芦花放稻谷香岸柳成行”，其实还不是一样？沙奶奶的儿子原来叫七龙，她说生七个孩子，太多了，这好办，让沙奶奶少生三个，七龙变四龙！

有些是没有道理的，“风声紧”唱段前原来有一段念白：“一场大雨，湖水陡涨。漫天阴云，郁结不散，把一个水国江南压得透不过气来。不久只怕还有更大的风雨呀。亲人们在芦荡里，已经是第五天啦，有什么办法能救亲人出险哪！”这段念白，韵律感较强，是为了便于叫板起唱。江青认为这是“太文的词儿了”，于是改成“刁德一出出进进的，胡传魁在里面打牌……”这是大白话，一点都不“文”了。这段念白是江青口授的，倒可以算是她的创作。“智斗”一场阿庆嫂大段流水“垒起七星灶”差一点被她砍掉，她说这是“江湖口”,“江湖口太多了!”我觉得很难改，就瞒天过海地保存了下来。

江青更多的精力用在抓唱腔、抓舞美。唱腔设计出来，试唱之后，要立即将录音带送给她，她定要逐段审定。“朝霞映在阳澄湖上”设计出两种方案，她坐在剧场里听，最后决定用李金泉同志设计的西皮。沙奶奶家门前的那棵柳树，她怎么也不满意，说要江南的垂柳，不要北方的。舞美设计到杭州去写生，回来做了一棵，这才通过。我实在看不出舞台上的柳树是杭州“柳浪闻莺”的，还是北京北海的，只是一棵用灯光照得碧绿透亮(亮得很不正常)的不大的柳树而已。

我在执笔写《沙家浜》时的一些想法。江青早期抓现代戏时，对剧本抓得不是很紧，我们还有一点创作自由。我的想法很简单。一是想把京剧写得像个京剧。写唱词，要像京剧唱词。京剧唱词基本上是叙述性的，不宜有过多的写景、抒情，而且要通俗。王昆仑同志曾对我说,《文昭关》“一事无成两鬓斑”，四句之后，就得是“恨平王无道纲常乱”。我认为很有道理。因此，我写《沙家浜》，在“风声紧雨意浓天低云暗”之后，下一句就是“不由人一阵阵坐立不安”。“不由人一阵阵坐立不安”，何等平庸。但是，同志，这是京剧唱词。后来的“样板戏”抒情过多，江青甚至提出“抒情专场”，于是满篇豪言壮语。我认为这是对京剧“体制”不了解所造成的。再是，我想对京剧语言，进行一点改革，希望唱词能生活化、性格化，并且能突破原来的唱词格律（二二三，三三四）“垒起七星灶”是个尝试。写这一稿时，这一段写了两个方案，一个是五言的，一个是七言的。我向设计唱腔的李慕良同志说：如果五言的不好安腔，就用七言的。结果李慕良同志选择了五言的，创造了一段五言流水，效果很好。这一段唱词是数学游戏。前面说得天花乱坠，结果是“人一走，茶就凉”，是个“零”。前些时见到报上说“人一走，茶就凉”是民间谚语，不是的。

《沙家浜》从写初稿，至今已有二十七年。从“定稿”到现在，也有二十一年了。俯仰之间，已为陈迹。但是“样板戏”不能就这样揭过去。这些年的戏曲史不能是几张白页。于是信笔写了一点回忆，供作资料。忆昔执笔编剧，尚在壮年。今年七十一，垂垂老矣，感慨系之。

关于“样板戏”

有这么一种说法：“样板戏”跟江青没有什么关系，江青没有做什么，“样板戏”都是别人搞出来的，江青只是“剽窃”了大家（“样板团”的全体成员）的劳动成果。我认为这种说法是不科学的，这不符合事实。江青诚然没有亲自动手做过什么，但是“样板戏”确实是她“抓”出来的。她抓得很全面，很具体，很彻底。从剧本选题、分场、推敲唱词、表导演、舞台美术、服装，直至铁梅衣服上的补丁、沙奶奶家门前的柳树，事无巨细，一抓到底，限期完成，不许搪塞违拗。北京京剧团曾将她历次对《沙家浜》的“指示”打印成册，相当厚的一本。我曾经把她的“指示”摘录为卡片，相当厚的一沓（这套卡片后来散失了，其实应当保存下来，这是很好的资料）。江青对“样板戏”确实花了很多“心血”的（不管花的是什么样的“心血”），说江青对“样板戏”没有做过什么事，这是闭着眼睛说瞎话。有人企图把“样板戏”和江青“划清界限”，以此作为“样板戏”可以“复出”的理由，我以为是不能成立的。你可以说：“样板戏”还是好的，虽然它是江青抓出来的（假如这种逻辑能够成立），但是不能说“样板戏”与江青无关。

前几年有人著文又谈“样板戏”的功过，似乎“样板戏”还可以一分为二。我以为从总体上看，“样板戏”无功可录，罪莫大焉。不说这是“四人帮”反党夺权的工具（没有那么直接），也不说“八亿人民八出戏”，把中国搞成了文化沙漠（这个责任不能由“样板戏”承担），只就“样板戏”的创作方法来看，可以说：其来有因，遗祸无穷。“样板戏”创作的理论根据是：革命的现实主义和革命的浪漫主义相结合（即所谓的“两结合”），具体化，即是主题先行和“三突出”。“三突出”是于会泳的发明，即在所有的人物里突出正面人物，在正面人物中突出英雄人物，在英雄人物中突出主要英雄人物。这个阶梯模式的荒谬性过于明显了，以致江青都说：“我没有说过‘三突出’，我只说过‘一突出’。”她所谓“一突出”，即突出英雄人物。在这里，不想讨论英雄崇拜的是非，只是我知道江青的“英雄”是地火风雷全然无惧、七情六欲一概没有的绝对理想，也绝对虚假的人物。“主题先行”也是于会泳概括出来，上升为理论的，但是这种思想江青原来就有。她十分强调主题，抓一个戏总是从主题入手：主题不能不明确；这个戏的主题是什么；主题要通过人物来表现——也就是说人物是为了表现主题而设置的。她经常从一个抽象的主题出发，想出一个空洞的故事轮廓，叫我们根据这个轮廓去写戏。她曾经叫我们写一个这样的戏：抗日战争时期，从八路军派一个干部，打入草原，发动奴隶，反抗日本侵略者和附逆的王爷。我们为此四下内蒙，做了很多调查，结果是没有这样的事。我们还访问了乌兰夫同志、李井泉同志。李井泉同志（当时是大青山李支队的领导人）说："我们没有干过那样的事，不干那样的事。"我们回来向于会泳汇报，说："没有这样的生活。"于会泳说了一句名言："没有这样的生活更好，你们可以海阔天空。""样板戏"多数——尤其是后来的几出戏，就是这样无中生有、"海阔天空"地瞎编出来的。"三突出""主题先行"是根本违反艺术创作规律，违反现实主义的规律的。这样的创作方法把"样板戏"带进了一条绝径，也把中国所有的文艺创作带进了一条绝径。直到现在，这种创作方法的影响还时隐时现，并未消除干净。

从局部看，"样板戏"有没有可以借鉴的经验？我以为是有的。"样板戏"试图解决现代生活和戏曲传统表演程式之间的矛盾，做了一些试验，并且取得了成绩，使京剧表现现代生活成为可能。最初的"样板戏"（《沙家浜》《红灯记》）的创作者还是想沿着现实主义的路走下去的。他们写了比较口语化的唱词，希望唱词里有点生活气息、人物性格。有些唱词还有点朴素的生活哲理，如《沙家浜》的"人一走，茶就凉”，《红灯记》的“穷人的孩子早当家”。到后来就全为空空洞洞的“豪言壮语”所代替了。“样板戏”的唱腔有一些是不好的。有一位老演员听了一出“样板戏”的唱腔，说：“这出戏的唱腔是顺姐的妹妹——别妞（别扭）。”行腔高低，不合规律。多数“样板戏”拼命使高腔，几乎所有大段唱的结尾都是高八度。但是应该承认有些唱腔是很好听的。于会泳在音乐上是有才能的。他吸收地方戏、曲艺的旋律入京戏，是成功的。他所总结的慢板大腔的“三送”（同一旋律，三度移位重复），是很有道理的。他所设计的“家住安源（《杜鹃山》）”确实很哀婉动人。《海港》“喜读了全会的公报”的“二黄宽板”，是对京剧唱腔极大的突破。京剧加上西洋音乐，加了配器，有人很反对。但是很多搞京剧音乐的同志，都深感老是“四大件”（京胡、二胡、月琴、三弦）实在太单调了。加配器势在必行。于会泳在这方面是有贡献的。他所设计的幕间音乐与下场的唱腔相协调，这样的音乐自然地引出下面一场戏，不显得“硌生”，《智取威虎山》“打虎上山”的幕间曲可为代表。

“样板戏”与“文化大革命”相始终，在中国舞台上驰骋了十年。这是一个畸形现象，一个怪胎。但是我们还是应该深入、客观地对它进行一番研究。“大百科全书”、《辞海》都应该收入这个词条。像现在这样，不提它，是不行的。中国现代戏曲史这十年不能是一页白纸。

“样板戏”谈往

“样板戏”

“样板戏”这个说法是不通的。什么是“样板”？据说这是服装厂成批生产据以画线的纸板。文艺创作怎么能像裁衣服似的统一标准、整齐划一呢？一九六三年冬天，江青在上海看戏，带回两个沪剧剧本，一个《芦荡火种》，一个《革命自有后来人》，让北京京剧团和中国京剧院改编成京剧。那时只说是搞“革命现代戏”。后来她有个说法，叫“种试验田”。《芦荡火种》后改名为《沙家浜》，《革命自有后来人》定名为《红灯记》。一九六五年五一节，《沙家浜》在上海演出，经江青审查批准，作为“样板”。“样板戏”的名称大概就是这时叫开了的。我曾听她说过：“今年的两块样板是……”

“样板戏”是“文化大革命”的先导，到一九七六年“四人帮”垮台结束。可以说与“文化大革命”相始终，举其成数，时间约为十年。

“文化大革命”是中国政治史上一场噩梦。“样板戏”也是中国文艺史上一场噩梦。“样板戏”一去不复返矣。有人企图恢复“样板戏”，恐怕是不可能的。但是“样板戏”的教训还值得吸取，“样板”现象值得反思。“样板戏”的亡魂不时还在中国大地上游荡。

“三结合”

江青创造了一个“三结合”创作法。“三结合”是领导、群众、作者相结合。领导出思想，群众出生活，作者出技巧。创作是一个浑然的整体，怎么可以机械地分割开呢？“领导”，实际上就是江青。她出思想。这就是说作者不需要思想。“群众出生活“，就是到群众中去采访座谈，记录一点“生活素材”，回来编编纂纂。当时创作都是集体创作，每一句都得举手通过。这样，剧作者还能有什么“主体意识”，还有什么创作的个性呢？现在看起来，这简直是荒唐。可是当时就是这样干的，一干干了十年。我们剧院有一个编剧，说“我们只是创作秘书”。他说这样的话，并没有不满情绪。不料这句话传到了于会泳耳朵里（当时爱打小报告的人很多），于会泳大为生气，下令批判。批了几次，也无结果，不了了之，因为这是事实。

“三突出”和“主题先行”

“样板戏”创作的理论基础是“三突出”和“主题先行”。

“三突出”，是在所有的人物中突出正面人物，在正面人物中突出英雄人物，在英雄人物中突出主要英雄人物。“三突出”是于会泳的创造，见于《智取威虎山》的总结。把人物划分三个阶梯，为全世界文艺理论中所未见，实在是一大发明。连江青都觉得这个模式实在有些勉强，她说过：“我没有说过‘三突出’，我只说过‘一突出’。”江青所说的“一突出”即突出主要英雄，即她不断强调的“一号人物”。把人物排队编号，也是一大发明。《沙家浜》的主角本来是阿庆嫂，江青一定要把郭建光树成一号人物。芭蕾是“绝对女主角”，《红色娘子军》主角原是吴清华，她非把洪常青树成一号不可。为什么要这样搞？江青有江青的“原则”。为什么郭建光是一号人物？因为是武装斗争领导秘密工作，还是秘密工作领导武装斗争？为什么洪常青是一号？因为洪常青是代表党的，而吴清华只是在洪常青教育下觉醒的奴隶。这种划分，和她的题材决定论思想是有关系的。

结果是一号人物怎么树还是树不起来，给人印象较深的还是二号人物，因为二号人物多少还有点性格，有戏。“样板戏”的人物，严格说不是人物，不是活人，只是概念的化身，共产主义伦理道德规范的化身，“党性”的化身。他们都不是血肉之躯，没有家室之累、儿女之情，一张嘴都是豪言壮语。王蒙曾在一篇文章里调侃地说：“样板戏的人物好像都跟天干上了，‘冲云天’，‘冲霄汉’。”“主题先行”也是于会泳概括出来的。这种思想，江青原来就有，不过不像于会泳概括得这样简明扼要。江青抓戏，大都是从主题入手。改编《杜鹃山》的时候，她指示：“主题是改造自发部队，这一点不能不明确。”她说过：“主题是要通过人物来体现的。”反过来说，人物是为了表现主题而设置的。这些话乍听起来没有大错，但实际上这是从概念出发，是违反创作规律的。“领导出思想”，江青除了定主题，定题材，还要规定一个粗略的故事轮廓。这种故事轮廓都是主观主义，凭空设想，毫无生活根据的。她原来抓了很长时期的《红岩》，后来又认为解放前夕四川党就烂了，“我万万没想到四川党那时还有王明路线！”她随便一句话，四川党就被整惨啰！她决定放弃《红岩》，另写一个戏，写：从军队上派一个女的政工干部到重庆，不通过地方党，通过一个社会关系，打进兵工厂，发动群众护厂，迎接解放。不通过地方党，通过一个社会关系开展工作，党的秘密工作有这么干的么？我和另一个编剧阎肃都没有这样的生活（也不可能有这样的生活），只好按她的意旨编造了一个提纲，向她汇报，她竟然很满意。那次率领我们到上海（江青那时在上海）的是北京市委宣传部长李琪。我们把提纲念给李琪听了，李琪冷笑着说："看来没有生活也是可以搞创作的噢？"这个戏后来定名为《山城旭日》，彩排过，没有演出。她原来想改编乌兰巴干的《草原烽火》，后来不搞了，叫我们另外写个戏，写：从八路军派一个政工干部（她老爱从军队上派干部），打进草原，发动奴隶，反抗日本侵略者和附逆的王爷。我们几个编剧四下内蒙，搜集生活素材，搜集不到。我们访问过乌兰夫和李井泉，他们都不赞成写这样的戏。当时党对内蒙的政策是：蒙古的王公贵族和牧民团结起来，共同抗日。乌兰夫说写一个坏王爷，牧民是不会同意的。李井泉说："你们写这个戏的用意，我是理解的，但是我们没有干过那种事，我不干那种事。"他还给我们讲了个故事：红军长征，路过彝族地区，毛主席叫他留下来，在这里开辟一个小块根据地。第二天毛主席打来一个电报，叫他们赶快回来。这个地区不具备开辟工作的条件。李井泉等人赶快走，身上衣服都被彝族人剥光了。写这样的戏不但违反生活真实，也违反党的民族政策。我们回来向于会泳汇报，说没有这样的生活。于会泳说了一句非常精彩的话："没有生活更好，你们可以海阔天空。""四人帮”垮台后，文化部召集了一个关于文艺创作的座谈会，会议主持人是冯牧。我在会上介绍了于会泳的这句名言。冯牧说：“什么叫‘海阔天空’，就是瞎编！”一点不错，除了瞎编，还能有什么办法？这个戏有这样一场：日本人把几个盐池湖都控制了起来，牧民没有盐吃。有一天有一个蒙奸到了一个浩特，带来一袋盐，要分给牧民，这盐是下了毒的。正在危急关头，那位八路军政工干部飞马赶到，大叫：“这盐不能吃！”他抓了一把盐，倒了一点水在碗里，把盐化开，让一只狗喝。狗喝了，四脚朝天，死了。在给演员念这一场时，一个演员说：你们真能瞎造。我只听说大牲口喂盐的，没听说过给狗喝盐水，狗肯喝吗？再说哪儿找这么个狗演员去？举此一例，足可说明“主题先行”会把编剧憋得多么胡说八道。

样板团

在江青直接领导之下创演“样板戏”的剧团变成了“样板团”。“样板团”的“战士”待遇很特殊，吃“样板饭”：香酥鸡、番茄烧牛肉、炸黄花鱼、炸油饼……每天换样。穿“样板服”，夏天、春秋天各一套，银灰色的确良，冬天还发一身军大衣。样板服的式样、料子、颜色都是江青亲自定的。她真有那闲工夫！样板团称样板饭为“板儿餐”、样板服为“板儿服”。一些被精简到“五七干校”劳动的演员、干部则自称“板儿刷”。

每排一个“样板戏”，都要形式主义地下去体验一下生活，那真是“御使出朝，地动山摇”。

为排《沙家浜》，到了苏州、常熟。其实这时《沙家浜》已经在上海演出过，下去只是补一补课。到阳澄湖内芦苇荡里看了看，也就那样。剧团排练、辅导，我没什么事，就每天偷偷跑去吃糟鹅，喝百花酒。

为排《红岩》，到过重庆。在渣滓洞坐过牢（这是江青的指示：要坐一坐牢），开过龙光华烈士的追悼会。假戏真做，气氛惨烈。至华蓥山演习过“扯红”，即起义。那天下大雨，黑夜之间，山路很不好走，随时有跌到山涧里的危险。“政委”是赵燕侠，已经用小汽车把她送上山，在一个农民家等着。这家有猫，赵燕侠怕猫，用一根竹竿不停地在地上戳。到该她下动员令宣布起义时，她说话都不成句了。这是“体验生活”吗？充其量，可以说是做戏剧小品，不过这个“小品”可真是兴师动众，劳民伤财。

为了排《杜鹃山》，到过安源，安源倾矿出动，敲锣打鼓，夹道欢迎这些“毛主席派来的文艺战士“。那天红旗不展，万头皆湿——因为下大雨。

“样板团”的编导下去了解情况，搜集材料，俨然是“特使”，各地领导都热情接待，亲自安排。唯恐稍有不周，就是对“样板戏”的态度问题。

经验

“样板戏”是不是也还有一些可以借鉴的经验？我以为也有。一个是重视质量。江青总结了五十年代演出失败的教训，以为是质量不够，不能跟老戏抗衡。这是对的。她提出“十年磨一戏”。一个戏磨上十年，是要把人磨死的。但戏总是要“磨”的，“萝卜快了不洗泥”，搞不出好戏。一个是唱腔、音乐，有创新、突破，把京剧音乐发展了。于会泳把曲艺、地方戏的音乐语言揉进京剧里，是成功的，《海港》里的二黄宽板，《杜鹃山》“家住安源”的西皮慢二六，都是老戏所没有的板式，很好听。

我的“解放”

我的“解放”很富于戏剧性，是江青下的命令。江青知道我，是因为《芦荡火种》。这出戏彩排的时候，她问陪她看戏的导演（也是剧团团长）肖甲：“词写得不错，谁写的？”她看戏，导演都得陪着，好随时记住她的“指示”。其时大概是一九六四年夏天。

《芦荡火种》几经改写，定名为《沙家浜》，重排后在北京演了几场。

我又被指定参加《红岩》的改编。一九六四年冬，某日，党委书记薛恩厚带我和阎肃到中南海去参加关于《红岩》改编的座谈会。地点在颐年堂。这是我第一次见江青。在座的有《红岩》小说作者罗广斌和杨益言，林默涵，好像还有袁水拍。他们对《红岩》改编方案已经研究过，我是半路插进来的，对他们的谈话摸不着头脑，一句也插不上嘴，只是坐在沙发里听着，心里有些惶恐。江青说了些什么，我也全无印象，只因为觉得奇怪才记住她最后跟罗广斌说的那句话："将来剧本写成了，小说也可以按照戏来改。"

自六四年冬至六五年春我们就集中起来改《红岩》剧本。先是在六国饭店，后来改到颐和园的藻鉴堂。到藻鉴堂时昆明湖结着冰，到离开时已解冻了。

其后，我们随剧团大队，浩浩荡荡，到四川"体验生活"。在渣滓洞坐了牢（当然是假的），大雨之夜上华蓥山演习了"扯红"（暴动）。这种"体验生活"实在如同儿戏，只有在江青直接控制下的剧团才干得出来。"体验"结束，剧团排戏（排《沙家浜》），我们几个编剧住在北温泉的"数帆楼"改《红岩》剧本。

一九六五年四月中旬剧团由重庆到上海，排了一些时候戏，江青到剧场审查通过，定为"样板"，决定五一公演。"样板戏"的名称自此时始。剧团那时还不叫"样板团"，叫"试验田"，全称是"江青同志的试验田"。

江青对于"样板戏"确实是"抓"了的，而且抓得很具体，从剧本、导演、唱腔、布景、服装，包括《红灯记》铁梅的衣服上的补丁，《沙家浜》沙奶奶家门前的柳树，事无巨细，一抓到底，限期完成，不许搪塞。有人说"样板戏"都是别人搞的，江青没有做什么，江青只是"剽窃"，这种说法是不科学的。对于"样板戏"可以有不同看法，但是企图在"样板戏"和江青之间"划清界限"，以此作为"样板戏”可以“重出”的理由，我以为是不能成立的。这一点，我同意王元化同志的看法。作为“样板戏”的过来人，我是了解情况的。

从上海回来后，继续修改《红岩》。“样板戏”的创作，就是没完没了的折腾。一直折腾到年底，似乎这回可以了。我们想把戏写完了好过年。春节前两天，江青从上海打来电话，给市委宣传部长李琪，叫我们到上海去。我和阎肃说：“戏只差一场，写完了再去行不行？”李琪回了电话，复电说：“不要写了，马上来！”李琪于是带着薛恩厚、阎肃、我，乘飞机到上海。住东湖饭店。

李琪是不把江青放在眼里的。到了之后，他给江青写了一个便条：“我们已到上海，何时接见，请示。”下面的礼节性的词句却颇奇怪，不是通常用的“此致敬礼”，而是“此问近祺”。我和阎肃都不禁互相看了一眼。稍为知道一点中国的文牍习惯的，都知道这至少不够尊敬。

江青在锦江饭店接见了我们。江青对李琪说：“对于他们的戏，我希望你了解情况，但是不要过问。”（这是什么话呢？我们剧团是市委领导的剧团，市委宣传部长却对我们的戏不能过问！）她对我们说：“上次你们到四川去，我本来也想去。因为飞机经过一个山，我不能适应。有一次飞过的时候，几乎出了问题，幸亏总理叫来了氧气，我才缓过来。你们去，有许多情况，他们不会告诉你们。我万万没有想到：那个时候，四川党还有王明路线！”

我们当时听了虽然感到有点诧异，但是没有感到这句话的严重性，以为她掌握了什么内部材料。“文化大革命”以后，回想起来，才觉出这是一句了不得的话，她要整垮四川党的决心早就有了。

她决定，《红岩》不搞了，另外搞一个戏：由军队党派一个干部（女的），不通过地方党，找到一个社会关系，打进兵工厂，发动工人护厂，迎接解放。

（哪有这样的事呢？一个地下工作者，不通过党的组织，去开展工作，这根本不符合党的工作原则；一个人，单枪匹马，通过社会关系，发动群众，这可能么？）

我和阎肃，按照她的意思，两天两夜，赶编了一个提纲。阎肃解放前夕在重庆，有一点生活，但是也绝没有她说的那样的生活——那样的生活根本没有。我是一点生活也没有，但是我们居然编出一个提纲来了！“样板戏”的编剧都有这个本事：能够按照江青的意图，无中生有地编出一个戏来。不这样，又有什么办法呢？提纲出来了，定了剧名：《山城旭日》。

我们在“编”提纲时，李琪同志很“清闲”，他买了一包上海老城隍庙的奶油五香豆，一边“荡马路”，一边嚼咂倒嚼。

江青虽然不让李琪过问我们的戏，我们还有点“组织性”，我们把提纲向李琪汇报了。李琪听了，说了一句不凉不酸的话：“看来，没有生活也是可以搞创作的哦？”

我们向江青汇报了提纲，她挺满意！说：“回去写吧！”

回到北京，着手“编”剧。

三月中，她又从上海打电话来：“叫他们来一下，关于戏，还有一些问题。”

这次到上海，气氛已经很紧张了。批《海瑞罢官》已经达到高潮。李琪带了一篇他写的批判文章（作为北京市委宣传部长，他不得不写一篇文章）。他把文章交给江青看看。第二天，江青还给了他，只说了一句：“太长了吧。”江青这时正在炮制军队文艺座谈会纪要。我和薛恩厚对这个座谈会一无所知。阎肃是知道这个会的，李琪当然也会知道。李琪的神色不像上一次到上海时显得那么自在了。据薛恩厚说（他们的房间相对着，当中隔一个小客厅），他半夜大叫（想是做了噩梦）。

一天，江青叫秘书打电话来，叫我们到“康办”（张春桥在康平路的办公室）去见她。李琪说：“我不去了——她找你们谈剧本。”我说：“不去不好吧，还是去一下。”李琪在屋里来来回回地走。汽车已经开出来在门口等着了，但还是来回走。最后，才下了决心：“好！去！”

关于剧本，其实没有谈多少意见，她这次实际上是和李琪、薛恩厚谈“试验田”的事。他们谈了些什么，我和阎肃都没有注意。大概是她提了一些要求，李琪没有爽快地同意，只见她站了起来，一边来回踱步，一边说：“叫老子在这里试验，老子就在这里试验！不叫老子在这里试验，老子到别处去试验！”声音不很大，但是语气分量很重。回到东湖饭店，李琪在客厅里坐着，沉着脸，半天没有说话。薛恩厚坐在一边，汗流不止。我和阎肃看着他们，我们知道她这是向北京市摊牌。我和阎肃回到房间，阎肃说：“一个女同志，‘老子’‘老子’的！唉。”我则觉得江青说话时的神情，完全是一副“白相人面孔”。

《山城旭日》写出来了，排练了，彩排了几场，“文化大革命”起来了，戏就搁下了。江青忙着“闹革命”，也顾不上再过问这个戏。

剧团的领导都被揪了出来，他们是“走资派”。我也被揪了出来，因为是“老右派”，而且我和薛恩厚曾合作写过一个剧本《小翠》，被认为是反党反社会主义的大毒草。剧中有一个傻小子，救了一只狐狸，他说是猫，别人告诉他这不是猫，你看，这是个大尾巴，傻公子愣说“大尾巴猫”！这就不得了了，这影射什么！“文化大革命”中许多“革命群众”的想象力真是特别丰富，他们能从一句话里挖出你想象不到的意思。

批斗、罚跪、在头发当中推一剪子开出一条马路，在院内游街，挨几下打，这些都是题中应有之义，全国皆然，不必细说。

后来把我们都关到一间小楼上。这时两派斗了起来，“革命群众”对我们也就比较放松，不大管了。

小楼上关的，有被江青在“一一·二八”大会上点名的剧团领导，几个有历史问题的“反革命”，还有得罪了江青的赵燕侠。虽然只十来个人，但小楼很小，大家围着一张长桌坐着，凳子挨着凳子，也够挤的。坐在里边的人要下楼解手，外边的人就得站起来让他过去。我有一次下楼，要从赵燕侠身前过，她没有站起来，却刷地一下把一只左腿高举过了头顶。赵老板有《大英节烈》的底子，腿功真不错！我们按时上下班，比起“革命群众”打派仗，热火朝天，卜昼卜夜，似乎还更清静一些。每天的日程是学毛选，交代问题，劳动。“问题”只是那么些，交代起来没个完，于是大家都学会了车轱辘话来回转，这次是“一、二、三、四、五”，下次是“五、四、三、二、一”。劳动主要是两项。一是劈劈柴。剧团隔一个胡同有一个小院子，里面有许多破桌子烂椅子，我们就把这些桌椅破碎供生炉子取暖用。这活劳动量不大，关起院门，与世隔绝，可以自由休息，随便说话。另外一项是抬煤。两个人抬一筐，不算太沉。吃饭自己带。有人竟然带了干烧黄鱼中段、煨牛肉、三鲜馅的饺子来，可以彼此交换品尝。应该说，我们的小楼一统的日子，没有受太大的罪。但是一天一天这么下去，到哪儿算一站呢？

一天，薛恩厚正在抬煤，李英儒（当时是中央文革小组的联络员，隔十天半月到剧团来看看）对他说："老薛，像咱们这么大的年纪，这样重的活就别干了。"我一听，奇怪，何态度亲切乃尔？过了几天，我在抬煤，李英儒看见，问我："汪曾祺，你最近在干什么哪？"我说："检查、交代。"他说："检查什么！看看《毛选》吧。"我心里明白，我们的问题大概快要解决了。

四月二十七日上午，革委会的一位委员上小楼叫我，说"李英儒同志找你"。我到了办公室，李英儒说："准备解放你，你准备一下，向群众做一次检查。"我回到小楼，正考虑怎样检查，李英儒又派人来叫我，说："不用检查了，你表一个态。——不要长，五分钟就行了。"我刚出办公室，走了几步，又把我叫回去，说："不用五分钟，三分钟就行了！"

过不一会，群众已经集合起来。三分钟，说什么？除了承认错误，我说："江青同志如果还允许我在'样板戏'上尽一点力，我愿意鞠躬尽瘁，死而后已。"这几句话在"四人帮"垮台后，我不知道检查了多少次。但是我当时说的是真心话，而且是非常激动的。

表了态，我就"回到革命队伍当中"了，先是在"干部组"待着。和八九个月以前朝夕相处的老同志坐在一起，恍若隔世。

刚刚坐定，一位革委会委员拿了一张戏票交给我："江青同志今天来看《山城旭日》，你晚上看戏。"

过了一会，委员又把戏票要走。

过了一会，给我送来一张请帖。

过了一会，又把请帖要走。

我不知道这是怎么回事。李英儒派人来叫我到办公室，告诉我："江青同志今天来看戏，你和阎肃坐在她旁边。"

我当时囚首垢面，一身都是煤末子，衣服也破烂不堪。回家换衣服，来不及了，只好临时买了一套。

开戏前，李英儒早早在贵宾休息室坐着。我记得闻捷和李丽芳来，李英儒和他们谈了几句（这是我唯一一次见到闻捷）。快开演前，李英儒嘱咐我："不该说的话不要说。"我不知道这句话是什么意思。我没有什么话要跟江青说，也不知道有什么话不该说。恍恍惚惚，如在梦里。

快开戏了，江青来，坐下后只问我一个她所喜欢的青年演员在运动中表现怎么样，我不了解情况，只好说："挺好的。"

看戏过程中，她说了些什么，我全不记得了，只记得她说："你们用毛主席诗词作为每场的标题，倒省事啊！不要用！"

散了戏，座谈。参加的人，限制得很严格。除了剧作者，只有杨成武、谢富治、陈亚丁。她坐下后，第一句话是："你们开幕的天幕上写的是'向大西南进军'（这个戏开幕后是大红的天幕，上写六个白色大字'向大西南进军'），我们这两天正在研究向大西南进军。"

当时我们就理解，她所谓"向大西南进军"，就是搞垮大西南的党政领导，把"革命"的烈火在大西南烧得更猛。后来西南几省，尤其是四川，果然乱得一塌糊涂。

除了陈亚丁长篇大论地谈了一些对戏的意见外，他们所谈的都是关于"文化大革命"的事。我和阎肃只好装着没听见。

忽然江青发现一个穿军装的年轻女同志在一边不停地记，她脸色一变，问："你是哪里来的？"

"我是军报的。"

"谁让你进来的？"

"……"

"我们在这里漫谈，你来干什么？出去！"

这位女记者满面通红，站起来往外走。

"把你的笔记本留下。你这样做，我很不放心！"

江青有个脾气，她讲话，不许记录。何况今天的讲话，非同小可，这位女同志冒冒失失闯了进来，可谓"不知天高地厚"。

杨成武说了几句，门外喊"报告"，杨成武听出是秘书的声音。"进来！"秘书在杨成武耳边说了几句话。杨成武起立，说："打下了一架无人驾驶飞机，我去处理一下。"江青轻轻一扬手："去吧！"

江青这种说话语气，我们见过不止一次。她对任何干部，都是"见官大一级"，用"一朝国母"的语气说话。

谢富治发言，略谓"打开了重庆，我是头一个到渣滓洞去看了的。根据我对地形的观察，根本不可能跑出一个人来"！

我当时就想：坏了！按照他的逻辑，渣滓洞的幸存者，全是叛徒。我马上想到罗广斌。罗广斌后来不明不白地死掉了，我一直想，这和谢富治这句斩钉截铁的断言是有（尽管不是直接的）关系的。

座谈结束，已经是凌晨两点多钟。公共汽车、电车早已停驶。剧团不会给我留车。我也绝没想到让剧团给我派一辆车。我只好由虎坊桥步行回甘家口。走到家，天都快亮了。

我在"文化大革命"中的遭遇，我的"解放"，尘芥浮沤而已。我要揭出的是我亲身听到的江青的两句话："我万万没有想到，那个时候，四川党还有王明路线"，和"我们这两天正在研究向大西南进军"。我是一个侧面的历史见证人。因为要衬出这个历史片段的来龙去脉，遂不惮烦[1]地

[1] 不厌烦，不怕麻烦。

述说了我的“解放”，否则说不清楚，我的缕述，细节、日期或不准确，但是江青的这两句话，我可以保证无讹。

中国戏曲和小说的血缘关系

自从布莱希特以后，世界戏剧分作了两大类。一类是戏剧的戏剧，一类是叙事诗式的戏剧。布莱希特带来了戏剧观念的革命。布莱希特的戏剧观可能受了中国戏曲的影响。元杂剧是个很怪的东西。除了全剧一个人唱到底，还把任何生活一概切成四段（四出）。或许，元杂剧的作者认为生活本身就是天然地按照四分法的逻辑进行的，这也许有道理。四是一个神秘的数字。元杂剧的分“出”，和十九世纪西方戏剧的分“幕”不尽相同，但有暗合之处（古典西方戏剧大都是四幕）。但是自从传奇兴起，中国的剧作者的戏剧观点、思想方式，发生了很大的变化，同时带来结构方式的变化。传奇的作者意识到生活的连续性、流动性，不能人为地切作四块，于是由大段落改为小段落，由“出”改为“折”。西方古典戏剧的结构像山，中国戏剧的结构像水。这种滔滔不绝的结构自明代至近代一直没有改变。这样的结构更近乎是叙事诗式的，或者更直截了当地说：是小说式的。中国的演义小说改编为戏曲极其方便，因为结构方法相近。

中国戏曲的时空处理极其自由，尤其是空间，空间是随着人走的，一场戏里可以同时表不同的空间（中国剧作家不知道所谓“三一律”，因此不存在打破“三一律”的问题）。《打渔杀家》里萧恩去出首[1]告状，被县官吕子秋打了四十大板，轰出了县衙。他的女儿桂英在家里等他，上场唱了四句：

老爹爹清晨起前去出首，
倒叫我桂英儿挂在心头。
将身儿坐至在草堂等候，
等候了爹爹回细问根由。

在每一句之后听到后台的声音：“一十、二十、三十、四十，赶了出去！”这声音表现的是萧恩在公堂上挨打。一个在江那边，一个在江这边，一个在公堂上，一个在家里，这“一十、二十”怎么能听得到？谁听见的？《一匹布》是一

[1] 检举、告发别人的犯罪行为。

出极其特别的、带荒诞性的“玩笑剧”。李天龙的未婚妻死了，丈人有言，等李天龙续娶时，把女儿的四季衣裳和陪嫁银子二百两给他。李天龙家贫，无力娶妻，张古董愿意把妻子沈赛花借给他，好去领取钱物，声明不能过夜。不想李天龙、沈赛花被老丈人的儿子强留住下了。张古董一看天晚了，赶往城里，到了瓮城里，两边的城门都关了，憋在瓮城里过了一夜。舞台上一边是老丈人家，李天龙、沈赛花各怀心事；一边是瓮城，张古董一个人心急火燎，咕咕哝哝。奇怪的是，两边的事不但同时发生，而且两处人物的心理还能互相感应，又加上一个毫不相干、和张古董同时被关在瓮城里的一个名叫“四合老店”的南方口音的老头儿跟着一块瞎打岔，这场戏遂饶奇趣。这种表现同时发生在不同空间的事件的方法，可以说是对生活的全方位观察。

中国戏曲，不很重视冲突。有一个时期，有一种说法，戏剧就是冲突，没有冲突不成其为戏剧。中国戏曲，从整出看，当然是有冲突的，但是各场并不都有冲突。《牡丹亭·游园》只是写了杜丽娘的一派春情，什么冲突也没有。《长生殿·闻铃·哭象》也只是唐明皇一个人在抒发感情。《琵琶记·吃糠》只是赵五娘因为糠和米的分离联想到她和蔡伯喈的遭际，痛哭了一场。《描容》是一首感人肺腑的抒情诗，赵五娘并没有和什么人冲突。这些著名的折子，在西方的古典戏剧家看来，是很难构成一场戏的。这种不假冲突，直接地抒写人物的心理、感情、情绪的构思，是小说的，非戏剧的。

戏剧是强化的艺术，小说是入微的艺术。戏剧一般是靠大动作刻画人物的，不太注重细节的描写。中国的戏曲强化得尤其厉害。锣鼓是强化的有力的辅助手段。但是中国戏曲又往往能容纳极精微的细节。《打渔杀家》萧恩决定过江杀人，桂英要跟随前去，临出门时，有这样几句对白："开门哪！""爹爹呀请转！这门还未曾上锁呢。""这门呶！——关也罢，不关也罢！""里面还有许多动用家具呢。""傻孩子呀，门都不要了，要家具则甚哪！""不要了？喂噫……""不省事的冤家呀……！"

从戏剧情节角度看，这几句话可有可无。但是剧作者（也算是演员）却抓住了这一细节，表现出桂英的不懂事和失路英雄准备弃家出走的悲怆心情，增加了这出戏的悲剧性。

《武家坡》里，薛平贵在窑外述说了往事，王宝钏确信是自己的丈夫回来了，开门相见：

王宝钏（唱）

开开窑门重相见，

我丈夫哪有五绺髯？

薛平贵(唱)

少年子弟江湖老,

红粉佳人两鬓斑。

三姐不信菱花照,

不似当年在彩楼前。

王宝钏(唱)

寒窑哪有菱花镜?

薛平贵(白)

水盆里面——

王宝钏(接唱)

水盆里面照容颜。

(夹白)老了!

(接唱)

老了老了真老了。

十八年老了我王宝钏!

水盆照影,是一个非常精彩的细节。王宝钏穷得置不起一面镜子，她茹苦含辛，也无心对镜照影。今日在水盆里一照：老了！“十八年老了我王宝钏”，千古一哭！

这种“闲中着色”，涉笔成情，手法不是戏剧的，是小说的。

有些艺术品类，如电影、话剧，宣布要与文学离婚，是有道理的。这些艺术形式绝对不能成为文学的附庸、对话的奴仆。但是戏曲，问题不同。因为中国戏曲与文学——小说，有割不断的血缘关系。戏曲和文学不是要离婚，而是要复婚。中国戏曲的问题，是表演对于文学太负心了！

戏台天地

——《古今戏曲楹联荟萃》序

高邮金实秋承其家学，长于掌故，钩沉爬梳，用功甚勤。他搜集了很多戏台上用的对联，让我看看。我觉得这是有意思的工作。

从不少对联中可以看出中国人的历史观和戏剧观。有名的对联是“戏台小天地，天地大戏台”。这和莎士比亚的名句“整个世界是一座舞台，所有的男男女女只不过是演员”，极其相似。古今中外，人情相通如此。这是一条比较文学的重要资料。“上场应念下场日，看戏无非做戏人”，莎士比亚也说过类似的话：“每个人物都有上场和下场”，但似无此精炼。中国汉字繁体字的“戏”字，左从虚，右从戈，于是很多对联便在这上面做文章。大意无非是：万事皆属虚空，何必大动干戈！其实古汉字的“戏”字，左旁是“䖒”，属“虚”是后起的异体字，不过后来写成“虚”了，就难怪文人搞这种拆字的游戏。虽是拆字，但也反映出一种对于人生的态度。有些对联并不拆字，也表现了近似的思想，如：“功名富贵镜中花，玉带乌纱，回头了千秋事业；离合悲欢皆幻梦，佳人才子，转眼间百岁风光。”如：“牛鬼蛇神空际色，丁歌甲舞镜中花。”有的写得好像很有气魄，粪土王侯，睥睨才士，一切都不在话下，如清代纪昀的长联：“尧舜生，汤武净，五霸七雄丑角耳，汉祖唐宗，也算一时名角，其余拜将封侯，不过捎旗打伞跑龙套；四书白，五经引，诸子百家杂曲也，李白杜甫，能唱几句乱弹，此外咬文嚼字，都是求钱乞食耍猴儿。”这位纪老先生大概多吃了几杯酒，嬉笑怒骂，故作大言。他真能看得这样超脱么？未必！有不少对联是肯定戏曲的社会功能的。或强调其教育作用，如“借虚事指点实事，托古人提醒今人”；或强调其认识作用，如“有声画谱描人物，无字文章写古今”。有的正面劝人做忠臣孝子，即所谓“高台教化”了，曾国藩、左宗棠所写的对联都如此。他们的对联都很拙劣。倒是昔年北京同乐轩戏园的对联，我以为比较符合戏曲的艺术规律：“作廿四史观，镜中人呼之欲出；当三百篇读，弦外意悠然可思。”至于贵阳江南会馆戏台的对联“花深深，柳阴阴，听剧院笙歌，且凉凉去；月浅浅，风翦翦，数高城更鼓，好缓缓归”，这样的对看戏的无功利态度，我颇欣赏。这种曾点式的对生活的无追求的追求，乃是儒家正宗。

中国的演戏是人神共乐。最初是演给神看的，是祭典的一个组成部分。《九歌》可以看作是戏剧的雏形，《湘君·湘夫人》已经有一点情节，有了戏剧动作（希腊戏剧原来也是演给神看的）。各地固定的戏台多属“庙台”。城隍庙、火神庙、土地庙、观音庙，都可以当戏台。我小时候常看戏的地方是泰山庙、炼阳观和城隍庙。这些庙台台口的柱子上多半有对联。这些对联多半是上联颂扬该庙菩萨的威德，下联说老百姓可以沾光看戏。庙台对联要庄重，写得好的很少。有时演戏是专门为了一种灾祸的消弭而谢神的，水灾、旱灾、火灾之后，常常要演几天戏。有一副酬雨神的戏台楹联“小雨一犁，这才是天遂人愿；大戏五日，也不过心到神知”，写得很潇洒，很有点幽默感，作者对演戏酬神并不看得那么认真，所以可贵。这应该算是戏联里的佳作。甚至闹蝗虫也可以演戏，这是我以前不知道的。武进奔牛镇捕蝗演戏戏台的对子“尔子孙绳绳，民弗福也，幸毋集翼于原田每每；我黍稷郁郁，神其保诸，报以拊缶而歌呼乌乌”，写得也颇滑稽。大概制联的名士对唱戏驱蝗也是不大相信的。这副对联“不丑”。

很多会馆都有戏台。北京虎坊桥湖广会馆的戏台是北京迄今保存得比较完好的古戏台之一。会馆筑台唱戏，一是为联络乡谊，二是为了谢神。陕西两粤会馆戏台台联“百粤两省廿七部诸同乡，于时语言，于时庐旅；五声六律十二宫大合乐，可与酬酢，可与祐神”，说出了会馆演戏的作用（会馆演戏常是邀了本乡的班子来演的）。宋元以后，商业经济兴起，形成行帮。行，是不同行业，帮则与地域有关。一都市的某一行业，常为某地区商人匠人所把持，于是出现了许多同乡会——会馆，这是他们生存竞争的相当坚实的组织。许多会馆戏台的对联给我们提供了解这方面情况的资料。俞曲园是为会馆戏台制联的高手。会馆戏台台联一般都要同时切合异地和本土的风光，又要和演剧相关联，不易工稳；但又几乎成为固定的格式，少有新意。

三百六十行，都有行会。他们定期集会，也演戏，一般都在祖师爷的生日。行会酬神戏台的对联有些写得不即不离，句句说的是本行，而又别有寄托，如酒业戏台联“正值柳梢青，听三叠歌来，劝君更尽一杯酒；如逢李太白，便百篇和去，与尔同销万古愁”，铁器行戏台联“装成千古化身，铁马金戈，总是坚心炼就；演出一场关目，风情火性，无非巧手得来”，都是如此。

春夏秋冬，四时演戏，都有台联，大都工巧。

后来有了专业营业性的剧场，就和谢神、联谊脱离了关系，舞台的台联也大都只谈艺术了。有些戏联是与剧种、剧目有关的。有的甚至只涉及某个演员。

对联是中国特有的文学形式（一九三九年我路过越南时曾看到寺庙里也有对联，但我全不认识，虽然横竖撇捺也像是汉字，但结构比汉字繁复，不知是什么字）。这跟汉语、汉字的特点是有关系的。它得是表意的、单音缀的，并且是有不同调值（平上去入）的，才能搞出对联这种花样。在极其有限的篇幅里要表达广阔的意义，有情有景，还要形成对比和连属，确实也不容易。相当多的对联是陈腐的，但也有十分清新可喜的。戏联因为是挂在戏台上让读书不多的市民看的，大都致力于通俗，常用口语，如“大戏五日，也不过心到神知”即是，这是戏联的一个特点。

我觉得戏联至少有两方面的价值。一是民俗学方面的，一是文学方面的。

实秋索文，我对戏联没有深入的研究，只能略抒读后的感想，如上。

艺术和人品

方荣翔称得起是裘派传人。荣翔八岁学艺，后专攻花脸，最后归宗学裘。当面请益，台下看戏，听唱片、录音，潜心揣摩，数十年如一日，未尝间断，呜呼，可谓勤矣。荣翔的生理条件和盛戎很接近，音色尤其相似。盛戎鼻腔共鸣好，荣翔的鼻腔共鸣也好。因此荣翔学裘有先天的优势。过去唱花脸，都以“实大声宏”取胜，一响遮百丑，唱花脸而有意识地讲究韵味，实自盛戎始。盛戎演戏，能体会人物的身份、性格，所处的环境，人物关系，运用音色的变化，控制音量的大小，表现人物比较内在的感情，不是在台上一味地嚷，不咋呼。荣翔学裘，得其神似。

两年前中央人民广播电台录了荣翔几段唱腔，准备集中播放，征求荣翔意见，让谁来做唱腔介绍合适，荣翔提出让我来担任。我听了几遍录音，对荣翔学裘不仅得其声，而且得其意，稍有感受。比如《探皇陵》。《大·探·二》本是一出于史无征的戏，而且文句不通，有些地方简直不知所云，但是京剧演员往往能唱出剧本词句所不曾提供的人物感情。荣翔的《探皇陵》唱得很苍凉，唱出了一个白发老臣的一腔忠义。这段唱腔有一句高腔，“见皇陵不由臣珠泪”，荣翔唱得很“足”，表现出一个股肱老臣在国运垂危时的激动。这种激动不是唱词里写出来的，而是演员唱出来的，是文外之情。又如《姚期》。裘盛戎演《姚期》，能从总体上把握人物，把握主题，不是就字面上枝枝节节地处理唱腔、唱法。他的唱腔具有很大的暗示性，唱出了比唱词字面丰富得多的内容。荣翔也能这样。“马杜岑奉王命把草桥来镇，调老夫回朝转侍奉当今”，这本来只是两句叙述性的唱词，本身不带感情色彩。但是铫期深知奉调回朝，是一件非同小可的事，回京后将会发生什么事，无从预料，因此这两句散板听起来就有点隐隐约约的不安，有一种暗自沉吟的意味，这两句平平常常的唱词就不只是叙述一件事，而是铫期心情的流露了。“马王爷赐某的践行酒”四句流水唱得极其流畅，显得铫期归心似箭，行色匆匆。

《铡美案》的唱腔处理是合情合理的。“包龙图打坐在开封府”，荣翔把这句倒板唱得很舒展。下面的原板也唱得平和婉转。包拯一开头对陈世美是劝告，不是训斥，而且和一个当朝驸马叙话，也不宜疾言厉色，盛气凌人。这样才不悖两个人的身份。何况以后剧情还要发展，升堂、开铡，高潮迭起，如果这一段唱得太猛，不留余地，后面的唱就再也上不去了。《将相和》戏剧冲突强烈，这出戏可以演得很火爆，但是盛戎却把它往“文”里演。这是有道理的。廉颇毕竟是一员大将，而且年岁也大了，不能像小伙子似的血气方刚。蔺相如封官，廉颇不服，一个人在家里自言自语地叨咕，但不是暴跳如雷，骂大街。荣翔是全照盛戎的方法来演的。这场戏的写法是唱念交错，每一小段唱后，有一段相当长的夹白，这在花脸戏中是不多见的。盛戎把夹白念得很轻（盛戎念白在不是关键的地方往往念得很轻），荣翔也如此。荣翔的念白，除了“难逞英雄也”的“也”音用了较大的胸腔共鸣，其余的地方简直像说话。这样念，比较生活化，也像一个老人的口吻。唱，在音色运用、力度、共鸣和念白不同。这样，唱和念既有对比，又互相衔接，有浓有淡，有柔有刚。盛戎教荣翔唱《刺王僚》，总是说要“提溜”着唱。所谓“提溜”就是提着气，气一直不塌，出字稍高，多用上滑音。荣翔唱的《刺王僚》唱得有摇曳感，因为这是王僚说梦，同时又有点恍恍惚惚，显得王僚心情不安。京剧而能表现出人物的精神状态，很难得。

我听荣翔的戏不多，不能对他的演唱做一个全面的美学的描述，只是就这几段唱腔说一点零碎的印象，其中一定有些外行话，愿与荣翔的爱好者印可[1]。

---

[1] 认可，许可。

荣翔个头不高，但是穿了厚底，系上胖袄，穿上蟒[1]或扎上靠[2]，显得很威重，像盛戎一样，这是因为他们能掌握人物的气质，其高大在神而不在形。

荣翔文戏武戏都擅长，唱铜锤，也能唱架子，戏路很宽，这一点也与乃师相似。

在戏曲界，荣翔是一位极其难得的恂恂[3]君子，他幼年失学，但是有很高的文化素养，他在人前话不多，说话声音也较小。我从来没有听他在背后说挖苦同行的损话，也从来没有说过粗鄙的或者下流的笑话。甚至他的坐态都显得很谦恭，收拢两腿，坐得很端正，没有跷着二郎腿，高谈阔论，旁若无人的时候。他没有梨园行的不好的习气，没有“角儿”气。他不争牌位，不争戏码前后，不计较待遇。戏曲界对钱财上看得比较淡，如方荣翔者，我还没有见过第二人。“四人帮”时期，曾批判“克己复礼”。其实克己复礼并没有什么不好。荣翔真是做到了这一点。荣翔艺品高，和他的人品高，是有关系的。

荣翔和老师的关系是使人感动的。盛戎生前，他随时照顾、执礼甚恭，盛戎生病，随侍在侧。盛戎病危时，我到医院去看他，荣翔引我到盛戎病床前，这时盛戎已经昏

[1] 即蟒袍。中国戏曲服装专用名称。

[2] 即甲衣，军中最庄严的战斗服装，为高级将领所穿。

[3] 温和恭敬的样子。

迷，荣翔轻轻叫他：“先生，有人看您。”盛戎睁开眼，荣翔问他：“您还认得吗？”盛戎在枕上微微点头，说了一个字“汪”，随即流下一滴眼泪。我知道他为什么流泪。我们曾经有约，等他病好，再一次合作，重排《杜鹃山》。现在，他知道不可能了。我在盛戎病床前站了一会，告辞退出，荣翔陪我出来。我看看荣翔，真是“哀毁骨立”，瘦了一圈，他大概已经几夜没有睡了。

盛戎去世后，荣翔每到北京，必要到裘家去。他对师娘、师弟、师妹一直照顾得很周到，荣翔在香港演出时，还特地写信给孩子，让他在某一天送一笔钱到裘家去，那一天是盛戎的生日。

荣翔不幸早逝，使我们不但失去一位才华未尽的表演艺术家，也失去一位堪供后生学习的道德的模范，是可痛也。

荣翔的哲嗣立民写了一本《方荣翔传》，征序于我，我对荣翔的 为人和艺术不能忘，乃乐为之序。

难得最是得从容

千秋一净裘盛戎，
遗像宛然沐清风。
虎啸龙吟余事耳，
难得最是得从容。

裘盛戎幼年失学，文化不高，但是对艺术有特殊的禀赋。他的艺术感极好，对剧情、人物理解极深，反应极快，而且表现得非常准确。导演有什么要求，一点就破，和编剧、导演很默契。导过他的戏的导演都说：给盛戎导戏，很省事，不用“阐述”“启发”这一套，几句话就行了。

《杜鹃山》(老本)有一场“打长工”，雷刚认为长工和地主是一回事，把长工打了，事后看到长工身上的伤痕，非常后悔。有这样两句唱：

他遍体伤痕都是豪绅罪证，
我怎能在他的旧伤痕上再加新伤痕！

唱腔是流水。练唱的时候我在旁边，说："老兄，你不能就这样'数'过去，得有个过程，得真看到伤痕，心里悔恨。"盛戎想了想说："我再来来。"其实也很简单，他把"旧伤痕上"唱"散"了，加了一个单音的弹拨乐小垫头[1]，然后再回到原尺寸。这样，眼里、心里就都充满仇恨。在场听唱的，齐声说："好！就是这样！"《杜鹃山》有一稿有一场"烤番薯"。毒蛇胆在山下杀人放火，残害乡亲，雷刚受军纪约束，一时不能下山拯救百姓，心如火焚，按捺不住。山上断粮，只能每人发一个番薯当饭。番薯在火里烤出了香味，勾起雷刚想起乡亲们多年对他的好处：

一块番薯掰两半，
曾受深恩三十年……

盛戎把两句压低了音量，唱得很"虚"，表现出雷刚对乡亲们的思念，既深且远。

盛戎善于运用音色、体形的变化塑造不同的人物。他

[1] 指唱腔中分割句词组或字的伴奏部分，垫补唱字间空隙都被称为垫头或小垫头。

演的铫期端肃威重，俨然是一位坐镇一方的开国老臣，一位王爷。他演的周处(《除三害》)，把开氅往肩上一搭，迤里歪斜地就下了场了，完全是一个痞子，一个天桥耍胳臂的“杂巴地”[1]——这种不从程式而从生活出发塑造人物的方法在花脸里很少见。

盛戎的身体条件不太好，不像“十全大面”金少山那样的魁梧。他比较瘦，但是也有他的优越条件：肩宽，腰细，扮戏很“受装”。他扮出来的《盗御马》的窦尔墩，箭衣板平。这样的箭衣装当得起北京人爱说的一个字：帅。裘派装是很讲究的。盛戎有一件平金白蟒，全用金线，绣的是一条整龙。这件一条龙的平金绣蟒真是美极了——当然也得看是什么人穿。

盛戎的脸比较瘦削，勾出脸来不易好看，但是他能弥补自己的缺陷。他一般不演曹操，因为曹操的盔头压得低，更显得演员脸小。盛戎勾脸的特点是干净、细致，每一笔都有起落，有交代。铫期的眉子是略有深浅的，不是简单两个圆形的黑点子。包拯两颊揉红，恰到好处，不像有些唱花脸的演员把脸画成了两个大海茄子。即便是窦尔墩的花三块瓦，也是清清楚楚，一笔是一笔，不让人有“乱七八糟”之感。他弥补脸形的诀窍是以神带形，首先要表现出

[1] 方言。地痞。

人物的品格气质，这样本来是一般化的脸谱就有了不一般的表情。他演的铫期，透过眼窝还能充分表现出眼神，并且眼神的内涵很丰富。

盛戎的戏也有节奏较快的，如《盗御马》，但是快而不乱。一般人物都演得很从容，不火暴，不论是什么性格，都有一种发自于中的儒雅，即一般常说的“书卷气”。这就提高了人物品格，增加了人物的深度。花脸而有书卷气，此裘派之所以为裘派，这是寻常花脸所达不到的。

盛戎不大爱活动。他常出来遛个小弯，从西河沿到虎坊桥，脚步较慢，不慌不忙，潇潇洒洒，比许多知识分子更像知识分子——盛戎曾自嘲，说他是个没有文化的文化人，一个没有知识的高级知识分子。到虎坊桥练功厅略坐一坐，找个人聊聊天，工夫不大，就溜达回去了。他的家居生活也比较清简，他不喜欢高朋满座，吵嚷喧哗。偶尔在家请几个熟朋友，菜不过数道，但做得很讲究。有一次在请唐在炘、熊承旭和我吃饭，有一盘香菜炒鸡丝。香菜是特供的，鸡肉肥而极嫩。有一次在鸿宾楼请我吃涮肉，涮的不是羊肉，而是鸿宾楼特为留下的一块极嫩的牛肉。不要乱七八糟的佐料，只是一碟酱油，切几个蒜片。盛戎这种饮食口味，淡而能浓，存本味，得清香，和他对艺术的赏鉴是相关的。

除了看看报，给儿子拉胡琴吊嗓子，教徒弟，做身段示范，大部分时间盘膝坐在床上一个人琢磨戏。晚年特别重视气口。他说：花脸一句唱得用多少气？年轻时全凭火力壮，现在上了岁数，得在气口上下功夫。他精研气口，深有心得。比如《智取威虎山》李勇奇唱的“扫平那威虎山我一马当先”，一般花脸都唱成“一马——当先”，盛戎说，叫我，我唱成这样：“我一马当——先”，“当”字唱在上面，和“一马当”一口气，然后换气，再单独唱“先”，这样“先”字气才显足。他很欣赏《智取威虎山》“同志们语重心长”的“长”字唱断，不拖泥带水。他是唱花脸的，但对程派兴趣很大，认为花脸运腔，可以参考。

盛戎在台上，在平常生活里，都从容不迫，他走得可是过于匆匆了。他去世时才五十六岁，活到今天，也只是八十岁，本来可以留下更多的东西，现在只搜集到不多的图片，可供后人凝眸怀想，是可悲也。

马·谭·张·裘·赵
——漫谈他们的演唱艺术

马（连良）、谭（富英）、张（君秋）、裘（盛戎）、赵（燕侠），是北京京剧团的“五大头牌”。我从一九六一年底参加北京京剧团工作，和他们有一些接触，但都没有很深的交往。我对京剧始终是个“外行”（京剧界把不是唱戏的都叫做“外行”）。看过他们一些戏，但是看看而已，没有做过任何研究。现在所写的，只能是一些片片段段的印象。有些是我所目击的，有些则得之于别人的闲谈，未经核实，未必可靠。好在这不入档案，姑妄言之耳。

描述一个演员的表演是几乎不可能的事。马连良是个雅俗共赏的表演艺术家，很多人都爱看马连良的戏。但是马连良好在哪里，谁也说不清楚。一般都说马连良“潇洒”。马连良曾想写一篇文章：《谈潇洒》，不知写成了没有。我觉得这篇文章是很难写的。“潇洒”是什么？很难琢磨。《辞海》“潇洒”条，注云“洒脱，不拘束”，庶几近之。马连良的“潇洒”，和他在台上极端的松弛是有关系的。马连良天赋条件很好：面形端正，眉目清朗——眼睛不大，而善于表情，身材好——高矮胖瘦合适，体格匀称。他的一双脚，照京剧演员的说法，“长得很顺溜”。京剧演员很注意脚。过去唱老生大都包脚，为的是穿上靴子好看。一双脚下腨里咕叽，浑身都不会有精神。他腰腿幼功很好，年轻时唱过《连环套》，唱过《广泰庄》这类的武戏。脚底下干净、清楚。一出台，就给观众一个清爽漂亮的印象，照戏班里的说法：“有人缘儿。”

马连良在做角色准备时是很认真的。一招一式，反复琢磨。他的夫人常说他：“又附了体。”他曾排过一出小型现代戏《年年有余》（与张君秋合演），剧中的老汉是抽旱烟的。他弄了一根旱烟袋，整天在家里摆弄，“找感觉”。到了排练场，把在家里琢磨好的身段步位走出来就是，导演不去再提意见，也提不出意见，因为他的设计都挑不出毛病。所以导演排他的戏很省劲。到了演出时，他更是一点负担都没有。《秦香莲》里秦香莲唱了一大段“琵琶词”，他扮的王延龄坐在上面听，没有什么“事”，本来是很难受的，然而马连良不“空”得慌，他一会捋捋髯口（马连良捋髯口很好看，捋“白满”时用食指和中指轻夹住一绺，缓缓捋到底），一会用眼瞟瞟陈世美，似乎他随时都在戏里，其实他在轻轻给张君秋拍着板！他还有个“毛病”，爱在台上跟同台演员小声地聊天。有一次和李多奎聊起来：“二哥，今儿中午吃了什么？包饺子？什么馅儿的？”害得李多奎到该张嘴时忘了词。马连良演戏，可以说是既在戏里，又在戏外。

既在戏里，又在戏外，这是中国戏曲，尤其是京剧表演的一个特点。京剧演员随时要意识到自己的唱念做打，手眼身法步，没法长时间地“进入角色”。《空城计》表现诸葛亮履险退敌，但是只有在司马懿退兵之后，诸葛亮下了城楼，抹了一把汗，说道：“好险哪！”观众才回想起诸葛亮刚才表面上很镇定，但是内心很紧张，如果要演员一直“进入角色”，又表演出镇定，又表演出紧张，那“我本是卧龙岗散淡的人”的“慢板”和“我正在城楼观山景”的“二六”怎么唱？

有人说中国戏曲注重形式美。有人说只注重形式美，意思是不重视内容。有人说某些演员的表演是“形式主义”，这就不大好听了。马连良就曾被某些戏曲评论家说成是“形式主义”。“形式美”也罢，“形式主义”也罢，然而马连良自是马连良，观众爱看，爱其“潇洒”。

马连良不是不演人物。他很注意人物的性格基调。我曾听他说过：“先得弄准了他的‘人性’：是绵软随和，还是干良倔奘。”

马连良很注意表演的预示，在用一种手段（唱、念、做）想对观众传达一个重点内容时，先得使观众有预感，有准备，照他们说法是：“先打闪，后打雷。”

马连良的台步很讲究，几乎一个人物一个步法。我看过他的《一捧雪》，“搜杯”场，莫成三次企图藏杯外逃，都为严府家丁校尉所阻，没有一句词，只是三次上场、退下，三次都是“水底鱼”，三个“水底鱼”能走下三个满堂好。不但干净利索，自然应节（不为锣鼓点捆住），而且一次比一次遑急，脚底下表现出不同情绪。王延龄和老薛保走的都是“老步”，但是王延龄位高望重，生活优裕，老而不衰；老薛保则是穷忙一生，双腿僵硬了。马连良演《三娘教子》，双膝微弯，横跨着走。这样弯腿弯了一整出戏，是要功夫的！

马连良很知道扬长避短。他年轻时调门很高，能唱《龙虎斗》这样的乙字调唢呐二黄。中年后调门降了下来。他高音不好，多在中音区使腔。《赵氏孤儿》鞭打公孙杵臼一场，他不能像余叔岩一样“白虎大堂奉了命”，“白虎”直拔而上，就垫了一个字：“在白虎”，也能“讨俏”[1]。

对编剧艺术，他主张不要多唱。他的一些戏，唱都不多。《甘露寺》只一段“劝千岁”，《群英会》主要只是“借风”一段二黄。《审头刺汤》除了两句散板，只有向戚继光唱的

[1] 在艺术表演或做事中让人觉得好。

一段四平调；《胭脂宝褶》只有一段流水。在讨论新编剧本时他总是说："这里不用唱，有几句白就行了。"他说："不该唱而唱，比该唱而不唱，还要叫人难受。"我以为这是至理名言。现在新编的京剧大都唱得太多，而且每唱必长，作者笔下痛快，演员实在吃不消。

马连良在出台以前从来不在后台"吊"一段，他要喊两嗓子。他喊嗓子不像别人都是"啊——咿"，而是："走唻！"我头一次听到直纳闷：走？走到哪儿去？

马连良知道观众来看戏，不只看他一个人，他要求全团演员都很讲究。他不惜高价，聘请最好的配角。对演员服装要求做到"三白"——白护领、白水袖、白靴底，连龙套都如此（在"私营班社"时，马剧团都发理发费，所有演员上场前必须理发）。他自己的服装都是按身材量制的，面料、绣活都得经他审定。有些盔头是他看了古画，自己捉摸出来的，如《赵氏孤儿》程婴的镂金的透空的员外巾。他很会配颜色。有一回赵燕侠要做服装，特地拉了他去选料子。现在有些剧装厂专给演员定制马派服装。马派服装的确比官中行头穿上要好看得多。

听谭富英听一个"痛快"。谭富英年轻时嗓音"没挡"，当时戏曲报刊都说他是"天赋佳喉"。而且，底气充足。一出《定军山》，"敌营打罢得胜的鼓哇呃"，一口气，高亮脆爽，游刃有余，不但剧场里“炸了窝”，连剧场外拉洋车也一齐叫好——他的声音一直传到场外。“三次开弓新月样”“来来来带过爷的马能行”，也同样是满堂的彩，从来没有“漂”过。——一说京剧唱词不通，都得举出“马能行”，然而《定军山》的“马能行”没法改，因为这里有一个很漂亮的花腔，“行”字是“脑后摘音”，改了即无此效果。

谭富英什么都快。他走路快。晚年了，我和他一起走，还是赶不上他。台上动作快（动作较小）。《定军山》出场简直是握着刀横蹿出来的。开打也快。“鼻子”“削头”，都快。“四记头”亮相，末锣刚落，他已经抬脚下场了。他的唱，“尺寸”也比别人快。他特别长于唱快板。《战太平》“长街”一场的快板，《斩马谡》见王平的快板都似脱线珍珠一样溅跳而出。快，而字字清晰劲健，没有一个字是“嚼”了的。五十年代，“挖掘传统”那阵，我听过一次他久已不演的《朱砂痣》，赞银子一段，“好宝贝！”一句短白，碰板起唱，张嘴就来，真“脆”。

我曾问过一个经验丰富、给很多名角跨过刀、艺术上很有见解的唱二旦的任志秋：“谭富英有什么好？”志秋说：“他像个老生。”我只能承认这是一句很妙的回答，很有道理。唱老生的的确有很多人不像老生。

谭富英为人恬淡豁达。他出科就红，可以说是一帆风顺，但他不和别人争名位高低，不“吃戏醋”。他和裘盛戎合组太平京剧团时就常让盛戎唱大轴，他知道盛戎正是"好时候"，很多观众是来听裘盛戎的。盛戎大轴《铫期》，他就在前面来一出《桑园会》(与梁小鸾合演)。这是一出"歇工戏"，他也乐得省劲。马连良曾约他合演《战长沙》，他的黄忠，马的关羽重点当然是关羽，黄忠是个配角，他同意了(这出戏筹备很久，我曾在后台见过制作得极精美的青龙偃月刀，不知因为什么未能排出，如果演出，那是会很好看的)。他曾在《秦香莲》里演过陈世美，在《赵氏孤儿》里演过赵盾。这本来都是"二路"演员的活。

富英有心脏病，到我参加北京京剧团后，就没怎么见他演出。但有时还到剧团来，和大家见见、聊聊。他没有架子，极可亲近。

他重病住院，用的药很贵重。到他病危时，拒绝再用，他说："这种药留给别人用吧！"重人之生，轻己之死，如此高格，能有几人？

张君秋得天独厚，他的这条嗓子，一时无两：甜，圆，宽，润。他的发声极其科学，主要靠腹呼吸，所谓"丹田之气"。他不使劲地摩擦声带，因此声带不易磨损，耐久，"顶活"，长唱不哑。中国音乐学院有一位教师曾经专门研究张君秋的发声方法——这恐怕是很难的，因为发声是身体全方位的运动。他的气很足。我曾在广和剧场后台就近看他吊嗓子，他唱的时候，颈部两边的肌肉都震得颤动，可见其共鸣量有多大。这样的发声真如浓茶酽酒，味道醇厚。一般旦角发声多薄，近听很亮，但是不能“打远”，“灌不满堂”。有别的旦角和他同台，一张嘴，就比下去了。

君秋在武汉收徒时曾说：“唱我这派，得能吃。”这不是开玩笑的话。君秋食量甚佳，胃口极好。唱戏的都是“饱吹饿唱”，君秋是吃饱了唱。演《玉堂春》，已经化好了妆，还来四十个饺子。前面崇公道高叫一声：“苏三走动啊！”他一抹嘴，“苦哇！”就上去了，“忽听得唤苏三……”在武汉，住璇宫饭店，每天晚上鳜鱼氽汤，二斤来重一条，一个人吃得干干净净。他和程砚秋一样，都爱吃炖肘子。

（唱旦角的比君秋还能吃的，大概只有一个程砚秋。他在上海，到南市的老上海饭馆吃饭，“青鱼托肺”——青鱼的内脏，这道菜非常油腻，他一次要两只。在老正兴吃大闸蟹，八只！搞声乐的要能吃，这大概有点道理。）

君秋没有坐过科，是小时在家里请教师学的戏，从小就有一条好嗓子，搭班就红（他是马连良发现的），因此不大注意“身上”。他对学生说：“你学我，学我的唱，别学我的‘老斗身子’。”他也不大注意表演，但也不尽然。他的台步不考究，简直无所谓台步，在台上走而已，“大步量”。但是著旗装，穿花盆底，那几步走，真是雍容华贵，仪态万方。我还没有见过一个旦角穿花盆底有他走得那样好看的。

我曾仔细看过他的《玉堂春》，发现他还是很会“做戏”的。慢板、二六、流水，每一句的表情都非常细腻，眼神、手势，很有分寸，很美，又很含蓄(一般旦角演玉堂春都嫌轻浮，有的简直把一个沦落风尘但不失天真的少女演成一个荡妇)。跪禀既久，站起来，腿脚麻木了，微蹲着，轻揉两膝，实在是楚楚动人。花盆底脚步，是经过苦练练出来的；《玉堂春》我想一定经过名师指点，一点一点“抠”出来的。功夫不负苦心人。君秋是有表演才能的，只是没有发挥出来。

君秋最初宗梅，又受过程砚秋亲传(程很喜欢他，曾主动给他说过戏，好像是《六月雪》，确否，待查)。后来形成了张派。张派是从梅派发展出来的，这大家都知道。张派腔里有程的东西，也许不大为人注意。

君秋的嗓子有一个很大的特点，非常富于弹性，高低收放，运用自如，特别善于运用“擞”。《秦香莲》的二六，低起，到“我叫叫一声杀了人的天”拨到旦角能唱的最高音，那样高，还能用“擞”，婉转回环，美听之至。他又极会换气，常在“眼”上偷换，不露痕迹，因此张派腔听起来缠绵不断，不见棱角。中国画讲究“真气内行”，君秋得之。

我和裘盛戎只合作过两个戏，一个《杜鹃山》，一个小戏《雪花飘》，都是现代戏。

我和盛戎最初认识和他（还有几个别的人）到天津去看戏——好像就是《杜鹃山》。演员知道裘盛戎来看戏，都“铆上”了。散了戏，我们到后台给演员道辛苦，盛戎拙于言词，但是他的态度是诚恳的、朴素的，他的谦虚是由衷的谦虚。他是真心实意地向人家学习来了。回到旅馆的路上，他买了几套煎饼馃子摊鸡蛋，有滋有味地吃起来。他咬着煎饼馃子的样子，表现了很喜悦的怀旧之情和一种天真的童心。盛戎睡得很晚，晚上他一个人盘腿坐在床上抽烟，一边好像想着什么事，有点出神，有点迷迷糊糊的，不知是为什么，我以后总觉得盛戎的许多唱腔、唱法、身段，就是在这么盘腿坐着的时候想出来的。

盛戎的身体早就不大好。他曾经跟我说过：“老汪唉，你别看我外面还好，这里面——都瘘[1]啦！”搞《雪花飘》的时候，他那几天不舒服，但还是跟着我们一同去体验生活。《雪花飘》是根据浩然同志的小说改编的，写的是一个送公用电话的老人的事。我们去访问了政协礼堂附近的一位送电话的老人。这家只有老两口。老头子六十大几了，一脸的白胡茬，还骑着自行车到处送电话。他的老伴很得意地说：“头两个月他还骑着二八的车哪，这最近才弄了一辆二六的！”盛戎在这间屋里坐了好大一会，还随着老头子

[1] 西瓜过熟，瓜瓤败烂，北京话叫“瘘了”。

送了一个电话。

《雪花飘》排得很快，一个星期左右，戏就出来了。幕一打开，盛戎唱了四句带点马派味儿的散板：

> 打罢了新春六十七哟，
> 看了五年电话机。
> 传呼一千八百日，
> 舒筋活血，强似下棋！

我和导演刘雪涛一听，都觉得“真是这里的事儿”！

《杜鹃山》搞过两次。一次是一九六四年，一次是一九六九年，一九六九年那次我们到湘鄂赣体验了较长期生活。我们和盛戎那时都是“控制使用”，他的心情自然不大好。那时强调军事化，大家穿了“价拨”的旧军大衣，背着行李，排着队。盛戎也一样，没有一点特殊。他总是默默地跟着队伍走，不大说话，但倒也不是整天愁眉苦脸的。我很能理解他的心情。虽然是“控制使用”，但还能“戴罪立功”，可以工作，可以演戏。我觉得从那时起，盛戎发生了一点变化，他变得深沉起来。盛戎平常也是个有说有笑的人，有时也爱逗个乐，但从那以后，我就很少见他有笑影了。他好像总是在想什么心事。用一句老戏词说：“满怀心腹事，尽在不言中。”他的这种神气，一直到死，还深深地留在我的印象里。

那趟体验生活，是够苦的。南方的冬天比北方更难受。不生火，墙壁屋瓦都很单薄。那年的天气也特别，我们在安源过的春节，旧历大年三十，下大雪，同时却又打雷，下雹子，下大雨，一块儿来！盛戎晚上不再穷聊了，他早早就进了被窝。这老兄！他连毛窝都不脱，就这样连着毛窝睡了。但他还是坚持下来了，没有叫一句苦。

和盛戎合作，是非常愉快的。他很少对剧本提意见。他不是不当一回事，没有考虑过，或者提不出意见。盛戎文化不高，他读剧本是有点吃力的。但是他反复地读，盘着腿读。他读着，微微地摇着脑袋。他的目光有时从老花镜上面射出框外。他摇晃着脑袋，有时轻轻地发出一声："唔。"有时甚至拍着大腿，大声喊叫："唔！"

盛戎的领悟、理解能力非常之高。他从来不挑"辙口"，你写什么他唱什么。写《雪花飘》时，我跟他商量，这个戏准备让他唱"一七"，他沉吟着说："哎呀，花脸唱闭口字……"我知道他这是"放傻"，就说："你那《秦香莲》是什么辙？"他笑了："'一七'，好，唱，'一七'！"盛戎十三道辙都响。有一出戏里有一个"灭"字，这是"乜斜"，"乜斜"是很不好唱的，他照样唱得很响，而且很好听。一个演员十三道辙都响，是很难得的。《杜鹃山》有一场"打长工"，他看到被他当作地主奴才的长工身上的累累伤痕，唱道："他遍体伤痕都是豪绅罪证，我怎能在他的旧伤痕上再加新伤痕？"这是一段二六转流水，创腔的时候，我在旁边，说："老兄，这两句你不能就这样'数'了过去！唱到'旧伤痕上'，得有个'过程'，就像你当真看到，而且想到一样！"盛戎一听，说："对！您听听，我再给您来来！"他唱到"旧伤痕上"时唱"散"了，下面加了一个弹拨乐器的单音重复的小"垫头"，"登、登、登……"，到"再加新伤痕"再归到原来的"尺寸"，而且唱得很强烈。当时参加创腔的唐在炘、熊承旭同志都说："好极了！"一九六九年本的《杜鹃山》原来有一大段《烤番薯》，写雷刚被困在山上断了粮，杜小山给他送来两个番薯。他把番薯放在篝火堆里烤着，番薯糊了，烤出了香气，他拾起番薯，唱道："手握番薯全身暖，勾起我多少往事在心间……"他想起"我从小父母双亡讨米要饭，多亏了街坊邻舍问暖嘘寒"，他想起"大革命，造了反，几次探险在深山，每到有急和有难，都是乡亲接济咱。一块番薯掰两半，曾受深恩三十年！……到如今，山上来了毒蛇胆，杀人放火把父老摧残，我稳坐高山不去管，隔岸观火心怎安！……"（这剧本已经写了很多年，我手头无打印的剧本，词句全凭记忆追写，可能不尽准确。）创腔的同志对"一块番薯掰两半"不大理解，怕观众听不懂，盛戎说："这有什么不好理解的？！'一块番薯掰两半'，有他吃的就有我吃的！"他把这两句唱得非常感动人，头一句他“虚”着一点唱，在想象，“曾受深恩”，“深恩”用极其深沉浑厚的胸音唱出，“三十年”一泻无余，跌宕不已。盛戎的这两句唱到现在还是绕梁三日，使我一想起就激动。这一段在后台被称为“烤白薯”，板式用的是反二黄。花脸唱反二黄虽非创举，当时还是很少见。盛戎后来得了病，他并不怎么悲观。他大概已经怀疑或者已经知道是癌症了，跟我说：“甭管它是什么，有病咱们瞧病！”他还想唱戏。有一度他的病好了一些，他还是想和我们把《杜鹃山》再搞出来（《杜鹃山》后来又写了一稿）。他为了清静，一个人搬到厢房里住，好看剧本。他死后，我才听他家里人说，他夜里躺在床上看剧本，曾经两次把床头灯的罩子烤着了。他病得很沉重了，有一次还用手在床头到处摸，他的夫人知道他要剧本。剧本不在手边，他的夫人就用报纸卷了一个筒子放在他手里，他这才平静下来。

他病危时，我到医院去看他。他的学生方荣翔引我到他的病床前，轻轻地叫醒他：“先生，有人来看你。”盛戎半睁开眼，荣翔问他：“您还认得吗？”盛戎在枕上微微点了点头，说了一个字“汪”，随即流下了一大滴眼泪。

赵燕侠的发声部位靠前，有点近于评剧的发声。她的嗓音的特点是：清，干净，明亮，脆生。这样的嗓子可以久唱不败。她演的全本《玉堂春》《白蛇传》都是一人顶到底。唱多少句都不在乎。田汉同志看她的《白蛇传·合钵》一场加写了一大段和孩子哭别的唱词，李慕良设计的汉调二黄，她从从容容就唱完了。《沙家浜》“人一走，茶就凉”的拖腔，十四板，毫不吃力。

赵燕侠的吐字是一绝。她唱戏，可以不打字幕，每个字都很清楚，观众听得明明白白。她的观众多，和这点很有关系。田汉同志曾说：赵燕侠字是字，腔是腔，先把字报出来，再使腔，这有一定道理。都说京剧是“按字行腔”，实际情况并非如此。一句大腔，只有头几个音和字的调值是相合或接近的，后面的就不再有什么关系。如果后面的腔还是字音的延长，就会不成腔调。先报字，后行腔，自易清楚。当然“报”字还是唱出来的，不是念出来的。完全念出来的也有。我听谭富英说过，孙菊仙唱《奇冤报》“务农为本颇有家财”，“务农为本”就完全是用北京话念出来的。这毕竟很少。赵燕侠是先把字唱正了，再运腔，不使腔把字盖了。京剧的吐字还有件很麻烦的事，就是同时存在两个音系：湖广音和北京音。两个音系随时打架。除了言菊朋纯用湖广音，其余演员都是湖广音、北京音并用。余叔岩钻研了一辈子京剧音韵，他的字音其实是乱的。马连良说他字音是“怎么好听怎么来”，我看只能如此。赵燕侠的字音基本上是北京音，所以易为观众接受（也有一些字是湖广音，如《白蛇传》的那段汉调。这段唱腔的设计者李慕良是湖南人，难免把他的乡音带进唱腔）。赵燕侠年轻时爱听曲艺，她大概从曲艺里吸收了不少东西，咬字是其一——北方的曲艺咬字是最清楚的。赵燕侠的吐字清楚，是大家都知道的，但是其中奥秘，还有待研究。

赵燕侠的戏是她的父亲“打”出来的，功底很扎实，腿功尤其好。《大英节烈》扳起朝天蹬，三起三落。“文化大革命”期间，我和她关在一个牛棚内。我们的“棚”在一座小楼上，只能放下一张长桌、几把凳子，我们只能紧挨着围桌而坐。坐在里面的人要出去，外面的就得站起让路。我坐在赵燕侠里面，要出去，说了声“劳驾”，请她让一让，这位赵老板没有站起来，腾地一下把一条腿抬过了头顶：“请！”前几年我遇到她，谈起这回事，问她：“您现在还能把腿抬得那样高吗？”她笑笑说：“不行了！”我想再练练功，她许还行。

赵燕侠快六十了，还能唱，嗓子还那么好。

名优之死
——纪念裘盛戎

裘盛戎真是京剧界的一代才人！

再有些天就是盛戎的十周年忌辰了。他要是活着，今年也才六十六岁。

我是很少去看演员的病的。盛戎病笃[1]的时候，我和唐在炘、熊承旭到肿瘤医院去看他。他的学生方荣翔引我们到他的床前。盛戎因为烤电[2]，一边的脸已经焦煳了，正在昏睡。荣翔轻轻地叫醒了他，他睁开了眼。荣翔指指我，问他："您还认识吗？"盛戎在枕上微点了点头，说了一个字："汪。"随即从眼角流出了一大滴眼泪。

盛戎的病原来以为是肺气肿，后来诊断为肺癌，最后转到了脑子里，终于不治了。当中一度好转，曾经出院回家，且能走动。他的病他是有些知道的，但不相信就治不

[1] 病势沉重。

[2] 利用高频率电流的作用使人内部受热达到治疗的目的。也称放疗。

好，曾对我说："有病咱们治病，甭管它是什么！"他是很乐观的。他还想演戏，想重排《杜鹃山》，曾为此请和他合作的在炘、承旭和我到他家吃了一次饭。那天他精神还好，也有说话的兴致，只是看起来很疲倦。他是能喝一点酒的，那天倒了半杯啤酒，喝了两口就放下了。菜也吃得很少，只挑了几根掐菜[1]，放在嘴里慢慢地咀嚼。

然而他念念不忘《杜鹃山》。请我们吃饭的前一阵，他搬到东屋一个人住，床头随时放着一个《杜鹃山》剧本。

这次一见到我们，他想到和我们合作的计划实现不了了。那一大滴眼泪里有着多大的悲痛啊！

盛戎的身体一直不大好。他是喜欢体育运动的，年轻时也唱过武戏。他有时不免技痒，跃跃欲试。年轻的演员练功，他也随着翻了两个"虎跳"。到他们练"踺扑虎"时，他也走了一个"趋步"，但是最后只走了一个"空范儿"，自己摇摇头，笑了。我跟他说："你的身体还不错。"他说："外表还好，这里面——都瘘了！"然而他到了台上，还是生龙活虎。我和他曾合作搞过一个小戏《雪花飘》（据浩然同名小说改编），他还是兴致勃勃地和我们一同去挤公共汽车，去走路，去电话局搞调查，去访问了一个七十岁的送公用电话的老人。他年纪不大，正是"好岁数"，他没有想

[1] 掐掉根须的豆芽菜。

到过什么时候会死。然而，这回他知道没有希望了。

听盛戎的亲属说，盛戎在有一点精力时，不停地琢磨《杜鹃山》，看剧本，有时看到深夜。他的床头灯的灯罩曾经烤着过两次。他病得已经昏迷了，还用手在枕边乱摸。他的夫人知道他在找剧本，剧本一时不在手边，就只好用报纸卷了一个筒子放在他手里。他攥着这一筒报纸，以为是剧本，脸上平静下来了。他一直惦着《杜鹃山》的第三场。能说话的时候，剧团有人去看他，他总是问第三场改得怎么样了。后来不能说话了，见人伸出三个指头，还是问第三场。直到最后，他还是伸着三个指头死的。

盛戎死于癌症，但致癌的原因是因为心情不舒畅，因为不让他演戏。他自己说："我是憋死的。"这个人，有戏演的时候，能琢磨戏里的事，表演，唱腔……就高高兴兴；没戏演的时候，就整天一句话不说，老是一个人闷着。一个艺术家离开了艺术，是会死的。"十年动乱"，折损了多少人才！有的是身体上受了摧残，更多的是死于精神上的压抑。

《裘盛戎》剧本的最后有一场《告别》。盛戎自己病将不起，录了一段音，向观众告别。他唱道：

唱戏四十年，
知音满天下。

梦里高歌气犹酣，
醒来僵卧在床榻。
树已老，春又寒，
枯枝难再发。
不恨树老难再发，
但愿新树长新芽。
挥手告别情何限，
漫山开遍杜鹃花。

但愿盛戎的艺术和他的对于艺术的忠贞、执着和挚爱能够传下去。

谭富英逸事

谭富英有时很“逗”，有意见不说，却用行动表示。他嫌谭小培给他的零花钱太少了，走到父亲跟前，摔了个“硬抢背”[1]。谭小培明白，富英的意思是说：你给我的钱太少，我就摔你的儿子！五爷（谭小培行五，梨园行都称之为五爷）连忙说：“哎呀儿子！有话你说！有话说！别这样！”梨园行都说谭小培是个“有福之人”。谭鑫培活着时，他花老爷子的钱；老爷子死了，儿子富英唱红了，他把富英挣的钱全管起来，每月只给富英有数的零花。富英这一“抢背”，使他觉得对儿子克扣得太紧，是得给长长份儿[2]。

有一年，在哈尔滨唱。第二天谭富英要唱的是重头戏，心里有负担，早早就上了床，可老睡不着。同去的有裘盛戎，他第二天的戏是一出“歇工戏”。盛戎晚上弄了好些

[1] 京剧武戏中一种高难度、高技巧的跌扑动作。

[2] 旧时戏班等把纯收入等分成一百份，每一份叫一个份儿。

人在屋里吃涮羊肉，猜拳对酒，喊叫喧哗，闹到半夜。谭富英这个烦呀！他站到当院唱了一句倒板：“听谯楼打九更……”“打九更”？大伙一愣，盛戎明白，意思是都这会儿了，你们还这么吵嚷！忙说：“谭团长有意见了，咱们小点声，小点声！”

有一个演员，练功不使劲，谭富英看了摇头。这个演员说：“我老了，翻不动了！”谭富英说：“对！人生三十古来稀，你是老了！”

谭富英一辈子没少挣钱，但是生活清简。一天就是蜷在沙发里看书，看历史（据说他能把“二十四史”看下来，恐不可靠），看困了就打个盹，醒来接茬[1]再看，一天不离开他那张沙发。他爱吃油炸的东西，炸油条、炸油饼、炸卷果，都欢喜（谭富英不说“喜欢”，而说“欢喜”）。爱吃鸡蛋，炒鸡蛋、煎荷包蛋、煮鸡蛋，都行。抗美援朝时，他到过朝鲜，部队首长问他们生活上有什么要求，他说想吃一碗蛋炒饭。那时朝鲜没有鸡蛋，部队派吉普车冒着炮火开到丹东，才弄到几个鸡蛋。为此，有人在“文革”中又提起这事。谭富英跟我小声说：“我哪儿知道几个鸡蛋要冒这样的危险呀！知道，我就不吃了！”谭富英有个“三不主义”：不娶小、不收徒、不做官。他的为人，梨园行都知

[1] 持续，继续。

道。反党野心家江青对此也了解，但在“文革”中，她却要谭富英退党（谭富英是老党员了）。江青劝退，能够不退吗？谭富英把退党是很当回事的。他生性平和恬淡，宠辱不惊，那一阵可变得少言寡语，闷闷不乐，很久很久，都没有缓过来。

谭富英病重住院。他原有心脏病，这回大概还有其他病并发，已经报了“病危”，服药注射，都不见效。谭富英知道给他开的都是进口药，很贵，就对医生说：“这药留给别人用吧！我用不着了！”终于与世长辞，死得很安静。

赞曰：

生老病死，全无所谓。
抱恨终生，无端“劝退”。

裘盛戎二三事

裘盛戎把花脸艺术推到了一个新的阶段。以前的花脸大都以气大声洪、粗犷霸悍取胜，盛戎开始演唱得很讲究，很细，很有韵味，很美。盛戎初露头角时，有人对他的演唱看不惯，嘲笑他是“妹妹花脸”。这些人说对了！盛戎即便是演粗豪人物也带有几分妩媚。粗豪和妩媚是辩证的统一。男性美中必须有一点女性美。

盛戎非常注意宏细、收放、虚实，不是一味在台上喊叫。这样才有对比，有映照，有起伏。他在《铫期》中打的虎头引子，“终朝边塞”几乎是念出来的，而且是轻轻地念出来的，下边“征胡虏”才用深厚的胸音高唱，这样才有大将风度。如果上来就铆足了劲，就不像个元老重臣，像个山大王了。《雪花飘》开场四句：“打罢了新春六十七（哟），看了五年电话机。传呼一千八百日，舒筋活血强似下棋。”盛戎也是轻唱，在叙述中带点抒情，很潇洒。这四句散板简直有点像马派老生。旧本《杜鹃山》有一场“烤番薯”。毒蛇胆在山下烧杀乡亲，雷刚不能下山搭救。他在篝火中烤一块番薯，番薯的煳香使他想起乡亲们往日待他的恩情，唱道：“一块番薯掰两半，曾受深恩三十年……”“一块番薯掰两半”是虚着唱的，轻轻地，他在回忆；“深恩”用足胸腔共鸣，深沉浑厚，感情很浓重。

盛戎高音很好，但不滥用，用则如奇峰突起，极其提神。《连环套》“饮罢了杯中酒”，一般花脸“杯”字多平唱，盛戎拔了一个高。《群英会》黄盖只有四句散板，盛戎能要下三个“好”。“俺黄盖受东吴三世厚恩”，“三”字拔高，非常突出。我问过盛戎的琴师汪本贞：“‘三’字高唱是不是盛戎的创造？”汪本贞说：“是的。”我说：“‘三’字高唱，表现出黄盖受东吴之恩不只一世，因此才愿冒极大风险，诈降曹营。”汪本贞说：“就是！就是！”盛戎在香港告别演出的剧目是《锁五龙》，那天他不知怎么来了劲，“二十年投胎某再来”，“投胎”使了个嘎调——高八度，台底下炸了窝。连汪本贞都没有想到，说：“我给他拉了一辈子胡琴，从来没有听他这么唱过。”

花脸有“炸音”，有“鼻音”。一般花脸演员能“炸”就“炸”，有“eng”的字很早就归入鼻音，听起来“嗯嗯”作响。这是架子花脸的唱法，不是铜锤的唱法。这是唱“花脸”，不是唱人物。盛戎很少使“炸音”“鼻音”。他唱《盗御马》

“自有那黄三泰与你们抵偿”，“泰”字稍用“炸音”，但不过分。《铡美案》“包龙图打坐在开封府”，“封”字只略带鼻音，盛戎的鼻腔共鸣极好，可以说是举世无双。一个耳鼻喉科的苏联专家对盛戎的鼻腔构造发生很大兴趣。但是盛戎字字有鼻腔共鸣，而无字着意用鼻音，只是自自然然地唱。盛戎演的是人物，不是行当。此盛戎超出于侪辈，以至造成“无净不裘”的秘密所在。

盛戎擅于用气，晚年在研究气口上下了很大功夫。他跟我说：“老汪，花脸唱一场戏，得用多少气呀！我现在岁数大了，不研究气口怎么行？”他在气口运用上有很多独到之处。《智取威虎山》李勇奇的独唱有一句大腔，一般花脸都只是唱半句，后面就交给了胡琴，盛戎说：“要叫我唱，我就唱全了，用程派，声音控制得很‘小’”。盛戎的唱法有许多地方确实从程派受到启发。李勇奇唱腔的最后一句“扫平那威虎山我一马当先”，按花脸惯例，都是在“一马”后面换气，“当先”一口气唱出，盛戎不这样，他在“当”字后换气，唱成“一马当——先……”。他说“当”字唱在后面，“先”字就没有多少气了，不“足”。

盛戎的表演能够扬长避短，不拘成法。他的腿不太好，踢得不高，他就把《盗御马》的踢腿改成了大跨步，很美，台下一片掌声。他“四记头”亮相，髯口甩在哪边，没准谱。到他快亮相的时候，后台的青年演员就在边幕后等着：

"瞧着瞧着！看他今天甩在左边，还是右边！"——"怪！甭管甩在哪边，都挺好看！"《除三害》的周处，把开氅一甩，往肩上一搭，遢里歪斜地就下场了，完全是一个天桥杂巴地！这个身段的设计是从生活来的，周处本来是个痞子。

盛戎许多表演都是从生活中来，借鉴了话剧，借鉴了周信芳。铫刚杀死国丈，家院一报，铫期一惊，差一点落马，是有名的例子。见到铫刚，问了一句："儿是铫刚？"随即一串冷笑。我问过盛戎，这时候为什么冷笑。盛戎说："你真是好样儿的，你给我闯了这么大的祸！"戏曲演员运用潜台词的不多，盛戎的戏常有丰富的潜台词。《万花亭》郭妃给铫期敬酒，盛戎接杯，口中连说："不敢！不敢！"声音很小，又是背着身，台下是根本听不见的，但是盛戎每次演到这里，从来都是一丝不苟。

盛戎文化不高，但是理解能力很强，而且表现突出。《杜鹃山·打长工》有两句唱："他遍体伤痕都是豪绅罪证，我怎能在他的旧伤痕上再加新伤痕？"是流水板，原来设计的唱腔是"数"过关的。我跟盛戎说："老兄，这可不成！你得真看到伤痕，而且要想一想。"盛戎立刻理解："我再来来，您看成不成？"他把"旧伤痕上"唱"散"了，放慢了速度，加一个弹拨乐的单音小执头"噔噔噔噔……"然后回到原节奏，"再加新伤痕"一泻无余。设计唱腔的唐在炘、熊承旭齐声叫"好"！《烤番薯》里的一句唱词"一块番薯掰两半”，设计唱腔的同志不明白这是什么意思，盛戎说：“这有什么不明白的！一块番薯掰两半，有他吃的就有我吃的。”基于这种理解，盛戎才能把这一句唱词唱得有那样感情深厚。

盛戎一直想重演《杜鹃山》，愿意和我、唐在炘、熊承旭再合作一次，为此曾特意请我和老唐、老熊上家里吃过一次饭。

这时盛戎身体已经不行了，可是不死心。他一个人睡在小屋里，夜里看剧本，两次把床头灯的灯罩烤着了。

盛戎大概已经知道自己得的是癌症，肺癌。他跟我说：“甭管它是什么，有病咱们治病！”他并未丧失信心。

盛戎住进了肿瘤医院，癌细胞已经扩散到脑子，不治了。但还想着演《杜鹃山》，枕边放着剧本。有一次剧本被人挪开，他在枕边乱摸。他的夫人用报纸卷了个纸筒放在他手里，他才算安心。他临终前两三天，我和在炘、承旭到医院去看他。他的学生方荣翔领我们到盛戎的病房。盛戎的半拉脸烤电都烤煳了，正在昏睡。荣翔叫他：“先生先生，有人来看您。”盛戎微微睁眼。荣翔指指我，问盛戎：“您还认识吗？”盛戎在枕上点点头，说了一个字“汪”。随即流下一大滴眼泪。

千古文章未尽才，悲夫！

退役老兵不“退役”

马少波同志值得我们学习的第一点是坚守岗位。目前戏曲很不景气，北京京剧院的一流演员也只卖二百座。戏曲的创作人才水土流失得很厉害。大家都觉得干得没意思。写了戏没人演；演了，没人看，干个什么劲儿呢？很多人都改了行，或兼营副业。在戏曲创作队伍人心思散的时候，少波同志却一直坚持写戏曲剧本，今年还发表了两个本子。“我自岿然不动”，成为戏曲界的一块“泰山石敢当”。他是个已经退役的老兵，本来可以在家享清福，书画自娱，寄情山水，为什么还孜孜不倦地写剧本呢？这只能说明他对戏曲有一种始终不渝的忠贞，对戏曲一定还有前途的不可动摇的信念。少波同志的这种精神足以使贪夫廉，顽夫立，会对戏曲界产生很大影响的。

少波同志值得学习的第二点是老当益壮。从我认识他时，他差不多就是这样，没变样，不见老。我那时还是个小伙子，如今已是皤然一翁，他却依然风度翩翩，不减当年。少波同志是胶东才子。一般说来，才子一老了，就没有什么意思了。江郎才尽，写不出什么东西了。少波同志却不是这样，功力才华，与日俱增。这几年，他写了多少剧本！昆曲、京剧、越调、蒲剧……什么都写。读他的剧本，没有任何衰老之感，依然是才气纵横。为什么他能够保持新鲜活泼的艺术感觉和语言感觉？因为他始终不断地写。宝刀不老，是因为天天磨。古人说“仁者寿”，照我看应该是“劳者寿”。少波同志坚持精神劳动，他的创作生命会很长，希望他再写二三十年。

少波同志熟悉戏曲规律，熟悉舞台，他的剧本不是案头之作，演出常有很好的舞台效果，同时又具有很高的文学性、可读性。他的剧本能把政治性和抒情性很好地结合起来，即使是满台恸哭，也还是风流蕴藉。他并不故步自封，不断对自己有所突破，晚年作品多有新意。作为一个老剧作家，尤为难得。

少波同志位得学习的第三点是爱才若渴。他除了自己写作，还要给青年作者看很多稿子。我是很怕看别人的稿子的，尤其怕看剧本。看到一篇好稿子，那是很愉快的，但这样的时候不多。一般说来，这是一桩苦差事。少波同志却不以为苦，收到剧本，他都仔细地看，提意见，挂号退还。他认识很多演员，对他们多方勉励奖掖。《乐耕园诗词二百首》中，少波同志的诗有五十多首是题赠给演员，

尤其是青年演员的

我集了少波同志自己的诗，成一绝句，为少波同志寿：

红花岁岁炫颜色，
青史滔滔唱海桑，
信是明妍天下甲，
西厢双至咏西厢。

晚翠园曲会

云南大学西北角有一所花园，园内栽种了很多枇杷树，“晚翠”是从千字文“枇杷晚翠”摘下来的。月亮门的门额上刻了“晚翠园”三个大字，是胡小石写的，很苍劲。胡小石当时在重庆中央大学教书。云大校长熊庆来和他是至交，把他请到昆明来，在云大住了一些时。胡小石在云大、昆明写了不少字。当时正值昆明开展捕鼠运动，胡小石请有关当局给他拔了很多老鼠胡子，做了一束鼠须笔，准备带到重庆去，自用、送人。鼠须笔我从书上看到过，不想有人真用鼠须为笔。这三个字不知是不是鼠须笔所书。晚翠园除枇杷外，其他花木少，很幽静。云大中文系有几个同学搞了一个曲社，活动（拍曲子、开曲会）多半在这里借用一个小教室，摆两张乒乓球桌，二三十张椅子，曲友毕集，就拍起曲子来。

曲社的策划人实为陶光(字重华),有两个云大中文系同学为其助手,管石印曲谱、借教室、打开水等杂务。陶光是西南联大中文系教员,教"大一国文"的作文。"大一国文"是各系大一学生必修。联大的大一国文课有一些和别的大学不同的特点。一是课文的选择。《诗经》选了"关关雎鸠",好像是照顾面子。《楚辞》选《九歌》,不选《离骚》,大概因为《离骚》太长了。《论语》选《子路、曾皙、冉有、公西华侍坐》。"暮春者,春服既成,冠者五六人,童子六七人,浴乎沂,风乎舞雩,咏而归",这不仅是训练学生的文字表达能力,这种重个性、轻利禄、潇洒自如的人生态度,对于联大学生的思想素质的形成,有很大的关系,这段文章的影响是很深远的。联大学生为人处世不俗,夸大一点说,是因为读了这样的文章。这是真正的教育作用,也是选文的教授的用心所在。

魏晋不选庾信、鲍照,除了陶渊明,用相当多篇幅选了《世说新语》,这和选《子路、曾皙、冉有、公西华侍坐》,其用意有相通处。唐人文选柳宗元《永州八记》而舍韩愈。宋文突出地全录了李易安的《金石录后序》。这实在是一篇极好的文章,声情并茂。到现在为止,对李清照,她的词,她的这篇《金石录后序》还没有给予应有的重视,她在文学史上的位置还没有摆准,偏低了。这是不公平的。古人的作品也和今人的作品一样,其遭际有幸有不幸,说不清是什么缘故。白话文部分的特点就更鲜明了。鲁迅当然是要选的，哪一派也得承认鲁迅，但选的不是《阿Q正传》而是《示众》，可谓独具只眼。选了林徽因的《窗子以外》、丁西林的《一只马蜂》(也许是《压迫》)。林徽因的小说进入大学国文课本，不但当时有人议论纷纷，直到今天，接近二十一世纪了，恐怕仍为一些铁杆"左派"(也可称之为"左霸"，现在不是什么最好的东西都称为"霸"么)所反对，所不容。但我却从这一篇小说知道小说有这种写法，知道什么是"意识流"，扩大了我的文学视野。"大一国文"课的另一个特点是，教课文和教作文的是两个人。教课文的是教授、副教授，教作文的是讲师、教员、助教。为什么要这样分开，我至今不知道是什么道理。我的作文课是陶重华先生教的。他当时大概是教员。

陶光(我们背后都称之为陶光，没有人叫他陶重华)，面白皙，风神朗朗。他有一个特别的地方，是同时穿两件长衫。里面是一件咖啡色的夹袍，外面是一件罩衫，银灰色。都是细毛料的。于此可见他的生活一直不很拮据——当时教员、助教大都穿布长衫，有家累的更是衣履敝旧。他走进教室，脱下外衣，搭在椅背上，就把作文分发给学生，摘其佳处，很"投入"地(那时还没有这个词)评讲起来。

陶光的曲子唱得很好。他是唱冠生的，在清华大学时曾受红豆馆主(傅侗)亲授。他嗓子好，宽、圆、亮、足，有力度。他常唱的是《三醉》《迎像》《哭像》，唱得苍苍莽莽，淋漓尽致。

不知道为什么，我觉得陶光在气质上有点感伤主义。

有一个女同学交了一篇作文，写的是下雨天，一个人在弹三弦。有几句，不知道这位女同学的原文是怎样的，经陶先生润改后成了这样：

那湿冷的声音，
湿冷了我的心。

这两句未见得怎么好，只是“湿冷了”以形容词做动词用，在当时是颇为新鲜的。我一直不忘这件事。我认为这其实是陶光的感觉，并且由此觉得他有点感伤主义。

说陶光是寂寞的，常有孤独感，当非误识。他的朋友不多，很少像某些教员、助教常到有权势的教授家走动问候，也没有哪个教授特别赏识他，只有一个刘文典（叔雅）和他关系不错。刘叔雅目空一切，谁也看不起。他抽鸦片，又嗜食宣威火腿，被称为“二云居士”——云土、云腿。他教《文选》，一个学期只讲了多半篇木玄虚的《海赋》，他倒认为陶光很有才。他的《淮南子校注》是陶光编辑的，扉页的“淮南子校注”也是陶光题署的。从扉页题署，我才知道陶光的字写得很好。

他是写二王的，临《圣教序》功力甚深。他曾把张充和送他的一本影印的《圣教序》给我看，字帖的缺字处有张充和题的字：

以此赠别　充和。

陶光对张充和是倾慕的，但张充和似只把陶光看作一般的朋友，并不特别垂青。

陶光不大为人写字，书名不著。我曾看到他为一个女同学写的小条幅，字较寸楷稍大，写在冷金笺上，气韵流转，无一败笔。写的是唐人诗：

故园东望路漫漫，
双袖龙钟泪不干。
马上相逢无纸笔，
凭君传语报平安。

这条字反映了陶光的心情。“炮仗响了”（日本投降那天，昆明到处放鞭炮，云南把这天叫作“炮仗响”的那天）后，联大三校准备北返，三校人事也基本定了，清华、北大都没有聘陶光，他只好滞留昆明。后不久，受聘云大，对“洛阳亲友”，只能“凭君传语”了。

我们回北平，听到一点陶光的消息。经刘文典撮合，他和一个唱滇戏的演员结了婚。

后来听说和滇剧女演员离婚了。

又听说他到台湾教了书。悒郁潦倒，竟至客死台北街头。遗诗一卷，嘱人转交张充和。

正晚上拍着曲子，从窗外飞进一只奇怪的昆虫，不像是动物，像植物，体细长，约有三寸，完全像一截青翠的竹枝。大家觉得很稀罕，吴征镒捏在手里看了看，说这是竹节虫。吴征镒是读生物系的，故能认识这只怪虫，但他并不研究昆虫，竹节虫在他只是常识而已，他钻研的是植物学，特别是植物分类学。他记性极好，“文化大革命”被关在牛棚里，一个看守他的学生给了他一个小笔记本、一支铅笔，他竟能在一个小笔记本上完成一部著作，天头地脚满满地写了蠓虫大的字，有些资料不在手边，他凭记忆引用。出牛棚后，找出资料核对，基本准确；他是学自然科学的，但对文学很有兴趣，写了好些何其芳体的诗，厚厚的一册。他很早就会唱昆曲——吴家是扬州文史世家。唱老生。他身体好，中气足，能把《弹词》的“九转货郎儿”一气唱到底，这在专业的演员都办不到——戏曲演员有个说法：“男怕弹词。”他常唱的还有《疯僧扫秦》。

每次做“同期”（唱昆爱好者约期集会唱曲，叫做同期）必到的是崔芝兰先生。她是联大为数不多的女教授之一，多年来研究蝌蚪的尾巴，运动中因此被斗，资料标本均被毁尽。崔先生几乎每次都唱《西楼记》。女教授，举止自然很端重，但是唱起曲子来却很“哆”。

崔先生的丈夫张先生也是教授，每次都陪崔先生一起来。张先生不唱，只是端坐着听，听得很入神。

除了联大、云大师生，还有一些外来的客人来参加同期。

有一个女士大概是某个学院的教授的或某个高级职员的夫人。她身材匀称，小小巧巧，穿浅色旗袍，眼睛很大，眉毛的弧线异常清楚，神气有点天真，不作态，整个脸明明朗朗。我给她起了个外号“简单明了”，朱德熙说“很准确”。她一定还要操持家务，照料孩子，但只要接到同期通知，就一定放下这些，欣然而来。

有一位先生，大概是襄理一级的职员，我们叫他“聋山门”。他是唱大花面的，而且总是唱《山门》，他是个聋子——并不是板聋，只是耳音不准，总是跑调。真也亏给他擫笛的张宗和先生，能随着他高低上下来回跑。聋子不知道他跑调，还是气势磅礴地高唱：

“树木杈桠，峰峦如画，堪潇洒，喂呀，闷煞洒家，烦恼天来大！”

给大家吹笛子的是张宗和，几乎所有人唱的时候笛子都由他包了。他笛风圆满，唱起来很舒服。夫人孙凤竹也善唱曲，常唱的是《折柳·阳关》，唱得很婉转。“教他关河到处休离剑，驿路逢人数寄书”，闻之使人欲涕。她身弱多病，不常唱。张宗和温文尔雅，孙凤竹风致楚楚，有时在晚翠园（他们就住在晚翠园一角）并肩散步，让人想起“拣名门一例一例里神仙眷”（《惊梦》）。他们有一个女儿，美得像一块玉。张宗和后调往贵州大学，教中国通史。孙凤竹死于病。不久，听说宗和也在贵阳病殁。他们岁数都不大，宗和只三十左右。[1]

有一个人，没有跟我们一起拍过曲子，也没有参加过同期，但是她的唱法却在曲社中产生很大的影响，张充和。她那时好像不在昆明。

张家姊妹都会唱曲。大姐因为爱唱曲，嫁给了昆曲传习所的顾传玠。张家是合肥望族，大小姐却和一个昆曲演员结了婚，门不当，户不对，张家在儿女婚姻问题上可真

[1] 此处作者记忆有误。张宗和1977年去世。

算是自由解放，突破了常规。二姐是个无事忙，她不大唱，只是对张罗办曲会之类的事非常热心。三姐兆和即我的师母，沈从文先生的夫人。她不太爱唱，但我却听过她唱《扫花》，是由我给她吹的笛子。四妹充和小时没有进过学校，只是在家里延师教诗词，拍曲子。她考北大，数学是零分，国文是一百分，北大还是录取了她。她在北大很活跃，爱戴一顶红帽子，北大学生都叫她“小红帽”。

她能戏很多，唱得非常讲究，运字行腔，精微细致，真是“水磨腔”。我们唱的《思凡》《学堂》《瑶台》，都是用的她的唱法（她灌过几张唱片）。她唱的《受吐》，娇慵醉媚，若不胜情，难可比拟。

张充和兼擅书法，结体用笔似晋朝人。

许宝騄先生是数论专家。但是曲子唱得很好。许家是昆曲大家，会唱曲子的人很多。俞平伯先生的夫人许宝驯就是许先生的姐姐。许先生听过我唱的一支曲子，跟我们的系主任罗常培（莘田）说，他想教我一出《刺虎》。罗先生告诉了我，我自然是愿意的，但稍感意外。我不知道许先生会唱曲子，更没想到他为什么主动提出要教我一出戏。我按时候去了，没有说多少话，就拍起曲子来：

“银台上晃晃的风烛墩，金猊内袅袅的香烟喷……”

许先生的曲子唱得很大方，《刺虎》完全是正旦唱法。

他的“擞”特别好，摇曳生姿而又清清楚楚。

许茹香是每次同期必到的。他在昆明航空公司供职，是经理查阜西的秘书。查先生有时也来参加同期，他不唱曲子，是来试吹他所创制的十二平均律的无缝钢管的笛子的（查先生是“国民政府”的官员，但是雅善音乐，除了研究曲律，还搜集琴谱，解放后曾任中国音协副主席）。许茹香，同期的日子他是不会记错的，因为同期的帖子是他用欧底赵面的馆阁体小楷亲笔书写的。许茹香是个戏篓子，什么戏都会唱，包括《花判》（《牡丹亭》）这样的专业演员都不会的戏。他上了岁数，吹笛子气不够，就带了一支“老人笛”，吹着玩玩。

这是一个非常有趣的老人。他做过很多事，走过很多地方，会说好几种地方的话。有一次说了一个小笑话：有四个人，苏州人、绍兴人、宁波人、扬州人，一同到一个庙里，看到四大金刚，苏州人、绍兴人、宁波人各人说了几句话，都有地方特点。轮到扬州人，扬州人赋诗一首：

四大金刚不出奇，
里头是草外头是泥。
你不要夸你个子大，
你敢跟我洗澡去！

扬州人好洗澡。早上皮包水，晚上水包皮。“去”读“kì”，正是扬州口音。

同期只供茶水。偶在拍曲后亦作小聚。大馆子吃不起，只能吃花不了多少钱的小馆。是“打平伙”——北京人谓之“吃公墩”，各人自己出钱。翠湖西路有一家北京人开的小馆，卖馅儿饼、大米粥，我们去吃了几次。吃完了结账，掌柜的还在低头扒算盘，许宝騄先生 已经把钱敛齐了交到柜上。掌柜的诧异：怎么算得那么快？他不知道算账的是一位数论专家，这点小九九还在话下吗？

参加同期、曲会的，多半生活清贫，然而在百物飞腾、人心浮躁之际，他们还能平平静静地做学问，并能在高吟浅唱、曲声笛韵中自得其乐，对复兴民族大业不失信心，不颓唐，不沮丧，他们是浊世中的清流、旋涡中的砥柱。他们中不少人对文化、科学做出了很大的成绩。安贫乐道，恬淡冲和，是中国的知识分子优良的传统。这个传统应该得到继承，得到扶植发扬。

又如此，则曲社同期无可非议。晚翠园是可怀念的。

随笔写生活

新笔记小说是近年出现的文学现象。以前不是没有过，但是写的人不是那徉多，刊物上也不似现在这样频繁地出现，没有成为风气。这种现象产生的背景是什么？这说明什么“问题”？

我是写过一些这样的小说的，有些篇自己就加了总题或副题：笔记小说。我好像成了这种小说文体的始作俑者之一。但究竟什么是新笔记小说，我也说不上来。

要问新笔记小说是什么，不如先问问：小说是什么？这个问题问之小说家，大概十个有八个答不出。勉强地说，依我看，小说是一种生活的样式或生命的样式。那么新笔记小说可以说是随笔写下来的一种生活，一种生活或生命的样式。

中国古代的小说，大致有两个传统：唐人传奇和宋人笔记。唐人传奇本是“行卷”，是应试的举子投给当道看的，这样可以博取声名，“扩大影响”，使试官在阅卷前已经有个印象。因为要当道看得有趣，故情节曲折，引人入胜；又欲使当道欣赏其文才，故词句多华丽丰赡，是有意为文。宋人笔记无此功利的目的，只是写给朋友看看，甚至是写给自己看的。《梦溪笔谈》云“所与谈者，唯笔砚耳”。是无意为文。故文笔多平实朴素，然而自有情致。假如用西方的文学概念来套，则唐人传奇是比较浪漫主义的，而宋人笔记则是比较现实主义的。新笔记小说所继承的，是宋人笔记的传统。

新笔记小说的作者大都有较多的生活阅历，经过几番折腾，见过严霜烈日，便于人生有所解悟，不复有那样炽热的激情了。相当多的新笔记小说的感情是平静的，如秋天，如秋水，叙述雍容温雅，渊渊汩汩，孙犁同志可为代表。孙犁同志有些小说几乎淡到没有什么东西，但是语简而情深，比如《亡人逸事》。这样的小说，是不会使人痛哭的，但是你的眼睛会有点潮湿。但也有些笔记小说的感情是相当强烈的，如张石山的《淘井》、王润滋的《三个渔人》。有不少笔记小说是写得滑稽突梯的，使读者读后哭笑不得。写“文化大革命”的笔记小说，被称为“新世说”者多如此。恽敬新的《刘校长游街》写得很真实——同时又那样的荒谬。写“文化大革命”小景的小说，多如实，少夸张，然而，这样的如实又显得好像极其夸张。这样的感情是所谓“冷隽”。这样，有些笔记小说就接近讽刺文学，带杂文意味。这在新笔记中占相当大的比重。这也是无可奈何的事。因为那是“无可奈何之日”。

笔记小说一般较少抒情，然而何立伟的《小城无故事》却是一首抒情诗。然而，你不能说这不是新笔记小说。阿成的《年关六赋》是风俗画。贾平凹的《游寺耳记》是小说么？是“笔记小说”么？这是一篇游记，一篇散文。然而“笔记”和“散文”从来就是“撕掳不开”的，笔记小说多半有点散文化。孙犁同志的小说在发表前，有编辑问过他“您这是小说还是散文”？孙犁答曰“小说！小说”！我们要不要把《游寺耳记》从“新笔记小说”中开除出去？不一定吧。高晓声的《摆渡》是寓言。矫健的《圆环》可以说是一篇哲学论文。

如此说来，“新笔记小说”从内到外，初无定质，五花八门，无所不包了？

好像是这样。这也是“新笔记小说”的特点。“新笔记”的天地是非常广阔的。

“新笔记小说”很难界定。这是一个宽泛的、含混的概念，但是又不是“宽大无边”。作者和编者、读者心目中有那么一种东西，有人愿意写，写就是了。有人愿意看，看就是了。

有一个也许叫人困惑的问题：新笔记小说和“主旋律”

的关系。一般说来，大部分新笔记小说大概不能算是主旋律吧？不是主旋律，那么是什么？次旋律？亚旋律？它和主旋律的关系是什么？也不必管它吧。有人愿意写，写就是了。有人愿意看，看就是了。

西窗雨

很多中国作家是吃狼的奶长大的。没有外国文学的影响，中国文学不会像现在这个样子，很多作家也许不会成为作家。即使有人从来不看任何外国文学作品，即使他一辈子住在连一条公路也没有的山沟里，他也是会受外国文学的影响的，尽管是间接又间接的。没有一个作家是真正的“土著”，尽管他以此自豪，以此标榜。

高中三年级的时候，我为避战乱，住在乡下的一个小庵里，身边所带的书，除为了考大学用的物理化学教科书外，只有一本《沈从文选集》，一本屠格涅夫的《猎人笔记》。可以说，是这两本书引我走上文学道路的。屠格涅夫对人的同情，对自然的细致的观察给我很深的影响。

我在大学里读的是中文系，但是课外所看的，主要是翻译的外国文学作品。

我喜欢在气质上比较接近我的作家。不喜欢托尔斯泰。

一直到一九五八年我被划成“右派”下放劳动，为了找一部耐看的作品，我才带了两大本《战争与和平》，费了好大的劲才看完。不喜欢陀思妥耶夫斯基那样沉重阴郁的小说。非常喜欢契诃夫。托尔斯泰说契诃夫是一个很怪的作家，他好像把文字随便丢来丢去，就成了一篇作品。我喜欢他的松散、自由、随便、起止自在的文体；喜欢他对生活的痛苦的思索和一片温情。我认为契诃夫是一个真正的现代作家。从契诃夫后，俄罗斯文学才进入一个新的时期。

苏联文学里，我喜欢安东诺夫。他是继承契诃夫传统的。他比契诃夫更现代一些，更西方一些。我看了他的《在电车上》，有一次在文联大楼开完会出来，在大门台阶上遇到萧乾同志，我问他：“这是不是意识流？”萧乾说：“是，但是我不敢说！”五十年代在中国提起意识流都好像是犯法的。

我喜欢苏克申，他也是继承契诃夫的。苏克申对人生的感悟比安东诺夫要深，因为这时的苏联作家已经摆脱了斯大林的控制，可以更自由地思索了。

法国文学里，最使当时的大学生着迷的是A.纪德。在茶馆里，随时可以看到一个大学生捧着一本纪德的书在读，从优雅的、抒情诗一样的情节里思索其中哲学的底蕴。影响最大的是《纳蕤思解说》《田园交响乐》。《窄门》《伪币制造者》比较枯燥。在《地粮》的文体影响下，不少人写起散文诗日记。

波特莱尔的《恶之花》《巴黎之烦恼》是一些人的袋中书——这两本书的开本都比较小。

我不喜欢莫泊桑，因为他做作，是个“职业小说家”。我喜欢都德，因为他自然。

我始终没有受过《约翰·克利斯朵夫》的诱惑，我宁可听法朗士的怀疑主义的长篇大论。

英国文学里，我喜欢弗·伍尔夫。她的《到灯塔去》《浪》写得很美。我读过她的一本很薄的小说《狒拉西》，是通过一只小狗的眼睛叙述伯朗宁和伯朗宁夫人的恋爱过程，角度非常别致。《狒拉西》似乎不是用意识流方法写的。

我很喜欢西班牙的阿索林，阿索林的意识流是覆盖着阴影的、清凉的、安静透亮的溪流。

意识流有什么可非议的呢？人类的认识发展到一定阶段，就会发现人的意识是流动的，不是那样理性，那样规整，那样可以分切的。意识流改变了作者和人物的关系。作者对人物不再是旁观、俯视、为所欲为。作者的意识和人物的意识同时流动。这样，作者就更接近人物，也更接近生活，更真实了。意识流不是理论问题，是自然产生的。林徽因显然就是受了弗·伍尔夫的影响，废名原来并没有看过伍尔夫的作品，但是他的作品却与伍尔夫十分相似。这怎么解释？

意识流造成传统叙述方法的解体。

我年轻时是受过现代主义、意识流方法的影响的。

太阳晒着港口，把盐味敷到坞边的杨树的叶片上。

海是绿的，腥的。

一只不知名的大果子，有头颅那样大，正在腐烂。

贝壳在沙粒里逐渐变成石灰。

浪花的白沫上飞着一只鸟，仅仅一只。太阳落下去了。

黄昏的光映在多少人的额头上，在他们的额头上涂了一半金。

多少人逼向三角洲的尖端。又转身，分散。

人看远处如烟。

自在烟里，看帆篷远去。

来了一船瓜，一船颜色和欲望。

一船是石头，比赛着棱角。也许——

一船鸟，一船百合花。

深巷卖杏花。骆驼。

骆驼的铃声在柳烟中摇荡。鸭子叫，一只通红的蜻蜓。

惨绿的雨前的磷火。

一城灯！

——《复仇》

这是什么？大概是意识流。

我的文艺思想后来有所发展。八十年代初，我宣布过“回到现实主义，回到民族传统”。但是立即补充了一句：“我所说的现实主义是能容纳各种流派的现实主义，我所说的民族传统是能吸收任何外来影响的民族传统。”

抗日战争时期。昆明小西门外。

米市，菜市，肉市。柴驮子，炭驮子。马粪。粗细瓷碗，砂锅铁锅。焖鸡米线，烧饵块。金钱片腿，牛干巴。炒菜的油烟，炸辣子呛人的气味。红黄蓝白黑，酸甜苦辣咸。

每个人带着一生的历史，半个月的哀乐，在街上走。……

——《钓人的孩子》

这大概不能算是纯粹的民族传统。中国虽然也有“鸡声茅店月，人迹板桥霜”，有“古道西风瘦马，枯藤老树昏鸦”，但是堆砌了一连串的名词，无主语，无动词，是少见的。这也可以说是意识流。有人说这是意象主义，也可以吧。总之，这样的写法是外来的。

有一种说法：越是民族的，就越是世界的。这话我不知道是什么意思。如果说越写出民族的特点，就越有世界意义，可以同意。如果用来作为拒绝外来影响的借口，以为越土越好，越土越洋，我觉得这会害了自己，也害了别人。

我想对《外国文学评论》提几点看法。

希望能研究一下外国文学研究的最终目的是什么？我以为应该是推动、影响、刺激中国的当代创作。要考虑刊物的读者是什么人，我以为应是中国作家、中国的文学爱好者，当然，也包括中国的外国文学研究者。不要为了研究而研究，不要脱离中国文学的实际，要有的放矢，顾及社会的和文学界的效应。

评论要和鉴赏结合起来，要更多介绍一点外国作家和作品，不要空谈理论。现在发表的文章多是从理论到理论。评价外国的作家和作品，得是一个中国的研究者的带独创性的意见，不宜照搬外国人的意见。可以考虑开一个栏目：外国作家对中国作家的影响，比如魏尔伦之于艾青，T.S.艾略特、奥登之于九叶派诗人……这似乎有点跨进了比较文学的范围。但是我觉得一个外国文学研究者多多少少得是一个比较文学研究者，否则易于架空。

最后，希望文章不要全是理论语言，得有点文学语言。要有点幽默感。完全没有幽默感的文章是很烦人的。

捡石子儿（代序）

承人民文学出版社的好意，要出我一本选集，我很高兴。我出过的几本书，印数都很少，书店里买不到。很多人到我这里来要。我的存书陆续送人，所剩无几，已经见了缸底了。有一本新书，可以送送人。当然，还可以有一点稿费。

一本二十五万字的书，好像总得有一篇序什么的，不然就太秃了。因此，写几句。都是与本书有关的，不准备扯得太远。

都是些平平常常的话。

我以前外出，喜欢捡一些石头子儿。在海边，在火山湖畔，在沙滩上，沙漠上，倒是精心挑选的，当时觉得很新鲜。但是带回来之后看看，就失去了新鲜感，都没有多大意思。后来，我的孙女拿去过家家了。剩几颗，压水仙头。最后，都不知下落，没有了。也并不可惜。我的这篇代序里的话也就像那些石头子儿，没有什么保留价值。

关于空灵和平实

我的一些作品是写得颇为空灵的，比如《复仇》《昙花·鹤和鬼火》《天鹅之死》。空灵不等于脱离现实。《复仇》是现实生活的折射。这是一篇寓言性的小说。只要联系一九四四年前后的中国的现实生活背景，不难寻出这篇小说的寓意。台湾佛光出版社把这篇小说选入《佛教小说选》，我起初很纳闷。去年读了一点佛经，发现我写这篇小说是不很自觉地受了佛教的“冤亲平等”思想的影响的。但是，最后两个仇人共同开凿山路，则是我对中国乃至人类所寄予的希望。我写《天鹅之死》，是对现实生活有很深的沉痛感的。《汪曾祺自选集》的这篇小说后面有两行附注：

一九八〇年十二月二十九日清晨
一九八七年六月七日校，泪不能禁。

我的感情是真实的。一些写我的文章每每爱写我如何恬淡、潇洒、飘逸，我简直成了半仙！你们如果跟我接触得较多，便知道我不是一个不食人间烟火的人。

在一次北京作协组织的我的作品座谈会上，最后，我做了一个简短的发言，题目是《回到现实主义，回到民族传统》，这可以说是我的文学主张。我说我所说的“现实主义”是能容纳各种流派的现实主义。现实主义不应该排斥、拒绝非现实主义。现实主义的作品，或多或少，都要掺进一点非现实主义的成分。这样的现实主义才能接收一点新的血液，获得生机。否则现实主义就会干枯、老化，乃至死亡。但是，我的作品的本体，是现实主义的。我对生活的态度是执着的。我不认为生活本身是荒谬的，不认为世间无一可取，亦无一可言。我所用的方法，尤其是语言，是平易的，较易为读者接受的。我的小说基本上是直叙。偶有穿插，但还是脉络分明的。我不想把事件程序弄得很乱。有这个必要吗？我不大运用时空交错。我认为小说是第三人称的艺术。我认为小说如果出现“你”，只能是接受对象，不能作为人物。“我”作为读者，和作品总是有个距离的。不管怎么投入，总不能变成小说中本来应该用“他”来称呼的人物，感觉到他的感觉。这样的做法不但使读者眼花缭乱，而且阻碍读者进入作品。至少是我，对这样的写法是反感的。有这个必要吗？小说是写给读者看的，不能故意跟读者为难，使读者读起来过于费劲。修辞立其诚，对读者要诚恳一些，尽可能地写得老实一些。

但是，我最近写的一篇小说《小芳》引起了我对我的写作方法的一番思索。

《中国作家》章仲锷同志约我写一篇小说，写得了，我在电话里告诉他："这篇小说写得非常平实。"我的女儿看了，说她不喜欢。"一点才华没有！这不像是你写的！"我也不知道我怎么会写出这样一篇如此平铺直叙的小说。我负气地说："我就是要写得没有一点才华！"但是我禁不住要想一想：我七十一岁了，写了这样平实的小说，这说明了什么？是不是我在写作方法上发生了某些变化？以后，我的小说将会是什么样子的？

想了几天，似乎有所开悟（这些问题过去也不是没有想过）：作品的空灵、平实，是现实主义的，还是非现实主义的，决定于作品所表现的生活。生活的样子，就是作品的样子。一种生活，只能有一种写法。《天鹅之死》的跳芭蕾舞的演员白蕤和天鹅，本来是两条线，只能交织着写。《小芳》里的小芳，是一个真人，我只能直叙其事。虚构、想象、夸张，我觉得都是不应该的，好像都对不起这个小保姆。一种生活，用一种方法写，这样，一个作家的作品才能多样化。我想我以后再写小说，不会都像《小芳》那样。都是那样，就说明确实是老了。

关于民族传统和外来影响

我的写作受过一些什么影响？古今中外，乱七八糟。

我在大学念的是中文系，但是课余时间看的多是中国的当代文学作品和外国文学的译本。俄国的、东欧的、英国的、法国的、美国的、西班牙的。如果不看这些外国作品，我不会成为作家。

我对一种说法很反感，说年轻人盲目学习西方，赶时髦。说西方有什么新的学说、新的方法，他们就赶快模仿。说有些东西西方已经过时了，他们还当着宝贝捡起来，比如意识流。有些青年作家模仿西方，这有什么不好呢？我们年轻时还不都是这样过来的？有些方法，不是那样容易过时的，比如意识流。意识流是对古典现实主义一次重大的突破。普鲁斯特的作品现在也还有人看。指责年轻人的权威是在维护文学的正统，还是维护什么别的东西，大家心里明白。

有一种说法我不理解：越是民族的，就越是世界的。虽然这话最初大概是鲁迅说的。这在逻辑上讲不通。现在指出这样的理论的中老年作家的意思我倒是懂得的。他们具有强烈的排他性，排斥外来的影响，排斥受外来影响较大的青年作家，以为自己的作品是最民族的，也是最世界的，是最好的，别的，都不行。

钱锺书先生提出一个说法：“打通”。他说他这些年所做的工作，主要是打通。他所说的打通指的是中西文学之间的打通。我很欣赏“打通说”。中国当代文学和西方文学需要打通，不应该设障。

另一种打通是当代文学与古典文学（民族传统）之间的打通。毋庸讳言，中国当代文学和古典文学之间是相当隔阂的。这有两方面的原因：一方面，当代作家对古典文学重视得不够；另一方面，研究、教授古典文学的先生又极少考虑古典文学对当代创作的作用——推动当代创作，应该是研究、教学古典文学的最终目的。

还有一种打通，是当代文学、古典文学和民间文学之间的打通。我曾在湖南桑植读到一首民歌：

姐的帕子白又白，
你给小郎分一截。
小郎拿到走夜路，
好比天上蛾眉月。

不知道为什么，我当时立刻想到王昌龄的《长信秋词》：

玉颜不及寒鸦色，
犹带昭阳日影来。

两者设想的超迈，有其相通处。这样的民歌，我想对于当代诗歌，乃至小说、散文的写作应该是有影响的。

《阿诗玛》说：“吃饭，饭不到肉里；喝水，水不到血里。”我们读了西方文学、古典文学、民间文学，当然不能确指这进入哪一块肉，变成哪一滴血，但是多方吸收，总是好的。

我对古典、西方、民间都不很通。但是我以为，一个当代中国作家，应该是一个文学的通人。

关于笔记体小说

我的一些小说，在投寄刊物时自己就标明是笔记小说。笔记体小说是近年出来的文学现象。我好像成了这种文体的倡导者之一。但是我对笔记体小说的概念并不清楚。

中国古代小说有两个传统，唐人传奇和宋人笔记。唐人传奇本多是投之当道的“行卷”。因为要使当道者看得有趣，故情节曲折，引人入胜；又因为要使当道者赏识其才华，故文辞美丽。是有意为文。宋人笔记无此功利的目的，多是写给朋友们看看的，聊资谈助。有的甚至是写给自己看的。《梦溪笔谈》云“所与谈者，唯笔砚耳”。是无意为文。因此写得清淡自然，但，自有情致。我曾在一篇序言里说过我喜欢宋人笔记胜于唐人传奇，以此。

两种传统，绵延不绝，《阅微草堂笔记》可以说是继承了笔记传统，《聊斋志异》则是传奇、笔记兼而有之。纪晓岚对蒲松龄很不满意，指责他：

“今嬿昵之词、媟狎之态，细微曲折，摹绘如生。使出自言，似无此理；使出作者代言，则何从而闻见之？”

这问题其实很好回答：想象。

一般认为，所写之事是目击或亲闻的，是笔记，想象成分稍多者，即不是。这也有理。

按照这个标准，则我的《桥边小说三篇》的《茶干》是笔记小说；《詹大胖子》不完全是，张蕴之到王文蕙屋里去，并非我亲眼得见；《幽冥钟》更不是，地狱里的女鬼听到幽冥钟声，看到一个一个淡金色的光圈，我怎么能看到呢？这完全是想象，是诗。

我觉得这样的区分没有多大意思。

凡是不以情节胜，比较简短，文字淡雅而有意境的小说，不妨都称之为笔记体小说。

我并不主张有人专写笔记体小说，只写笔记体小说，也不认为这是最好的小说文体。只是有那么一小块生活，适合或只够写成笔记体小说，便写成笔记体，而已。我并没有“倡导”过什么。

关于中国魔幻小说

我看了几篇拉丁美洲的魔幻小说，第一个感想是：人家是把这样的东西也叫作小说的；第二个感想是：这样的小说中国原来就有过。所不同的是拉丁美洲的魔幻小说是当代作品，中国的魔幻小说是古代作品。我于是想改写一些中国古代魔幻小说，注入当代意识，使它成为新的东西。

中国是一个魔幻小说的大国，从“六朝志怪”到《聊斋》，乃至《夜雨秋灯录》，真是浩如烟海，可资改造的材料是很多的。改写魔幻小说，至少可以开拓一个新的写作领域。

有人会问：改写魔幻小说有什么意义？我们也反问一句：你所说的“意义”是什么意义？

关于本书体例

我以前出的几本书，在编排上都是以作品写作或发表的时间先后为序的。这回不这样，我把作品大体上归了归类。小说部分以地方背景分。我生活过的地方是：江苏高邮、昆明、北京、张家口。小说也就把以这几个地方为背景的归在一起。有些篇不能确指其背景是什么地方，就只好单独放着，如《复仇》《小芳》。散文部分是这样分的：记人的、写风景的和人生杂论。

这样的编排说不上有什么道理，只是为了一般读者阅读的方便。这对研究者可能造成一些困难。我不大赞成用“系年”的方法研究一个作者。我活了一辈子，我是一条整鱼（还是活的），不要把我切成头、尾、中段。何况，我是不值得“研究”的。“研究”这个词儿很可怕。

却顾所来径，苍苍横翠微
——小说回顾

我一九四〇年开始发表小说，那年我二十岁。屈指算来，已经有半个世纪了。最初的小说是沈从文先生《各体文习作》和《创作实习》课上所交的课卷，经沈先生寄给报刊发表的。四十年代写的小说曾结为《邂逅集》，一九四八年由文化生活出版社出版。以后是一段空白。一九四九年到六十年代，我没有写小说。一九六二年写了三个短篇，在中国少年儿童出版社出了一个小集子《羊舍的夜晚》。以后又是一段空白。到八十年代初，我忽然连续发表了不少小说，一直到现在。

我家的后园有一棵藤本植物，家里人都不知道是什么东西，因为它从来不开花。有一年夏天，它忽然爆发似的一下子开了很多很多白色的、黄色的花。原来这是一棵金银花。我八十年代初忽然写了不少小说，有点像那棵金银花。

为什么我写小说时作时辍，当中有那样长的两大段空白呢？

我的小说《受戒》发表后引起一点震动。一个青年作家睁大了眼睛问："小说也是可以这样写的？"他以为小说只能"那样"写，这样写的小说他没有见过。那样写的小说是哪样的呢？要写好人好事，写可以作为大家学习的榜样的先进人物、模范、英雄，要有思想性，有明确的主题……总之，得"为政治服务"。我写不了"那样"的小说，于是就不写。

八十年代为什么又写起来了呢？因为气候比较好。当时强调要解放思想，允许有较多的创作自由。"这样写"似乎也是可以的，于是我又写了。

北京市作家协会举行过我的作品的讨论会，我做了一次简短的发言，题目是《回到现实主义，回到民族传统》。为什么说"回到"？因为我的小说有一个时期是脱离现实的，受西方文学的影响比较大。

我年轻时写小说，除了师承沈从文，常读契诃夫，还看了一些西方现代派的作品，如阿索林、弗·伍尔夫，受了一些影响。我是较早的，也是有意识地动用意识流方法写作的中国作家之一。

有一次，我和一个同学从西南联大新校舍大门走出来。对面的小树林里躺着一个奄奄一息的士兵，他就要死了，像奥登诗所说，就要“离开身上的虱子和他的将军”了。但还有一口气。他的头缓缓地向两边转动着。我的同学对我说：“对于这种现象，你们作家要负责！”我当时想起一句里尔克的诗：“他眼睛里有些东西，绝非天空。”

以后我的作品里表现了较多的对人的关怀。我曾自称为“中国式的抒情的人道主义者”。

我是一个中国人。一个人是不能脱离自己的民族的。“民族”最重要的东西是它的文化。一个中国人，即便没有读过什么书，也是在文化传统里生活着的。有评论家说我受了道家思想的影响，有可能，我年轻时很爱读《庄子》。但我觉得我受儒家思想影响更大一些。我所说的“儒家”是曾点式的儒家，一种顺乎自然、超功利的潇洒的人生态度。因为我写的人物身上有传统文化的印迹，有的评论家便封我为“寻根文学”的始作俑者。看起来这顶帽子我暂时只得戴着。

小说里最重要的是什么？我以为是思想。是作家自己的思想，不是别人的思想。是作家用自己的眼睛对生活的观察（我称之为“凝视”），自己的感受，自己的思索，自己对人生的独特的感悟。思索是非常重要的。接触到生活，往往不能即刻理解这个生活片段的全部意义。得经过反复的、一次比一次深入的思索，才能汲出生活的底蕴。作家和常人的不同，无非是对生活想得更多一点，看得更深一点。我有的小说重写过三四次。重写一次，就是一次更深的思索。

与此有关的是文学的社会功能问题。作家的使命感、社会责任或艺术良心，这些还要不要？有一些青年作家对这一套是很腻味的。我以为还是要的。作品写出来了，放在抽屉里，是作家自己的事。拿出去发表了，就是社会的事。一个作品对读者总会产生这样那样的影响，这事不能当儿戏。但是我觉得作品的社会影响不能看得太直接，要求立竿见影，应该看得更宽一点。我以为一个作家的作品是引起读者对生活的关心、对人的关心，对生活、对人持欣赏的态度，这样读者的心胸就会比较宽厚，比较多情，从而使自己变得较有文化修养，远离鄙俗，变得高尚一点、雅一点，自觉地提高自己的人品。

我六十岁写的小说抒情味较浓，写得比较美，七十岁后就越写越平实了。这种变化，不知道读者是怎么看的。

我和民间文学

前年在兰州听一位青年诗人告诉我，他有一次去参加“花儿”会，和婆媳二人同坐在一条船上。这婆媳二人一路交谈，她们说的话没有一句不是押韵的！这媳妇走进一个奶奶庙去求子，她跪下来祷告。那祷告词是：

今年来了，我是跟您要着哩，
明年来了，我是手里抱着哩，
咯咯嘎嘎地笑着哩！

这使得青年诗人大为惊奇了。我听了，也大为惊奇。这样的祷词是我听到过的最美的祷词。群众的创造才能真是不可想象！生活中的语言精美如此，这就难怪西北的“花儿”押韵押得那样巧妙了。

去年在湖南桑植听（看）了一些民歌。有一首土家族情歌：

姐的帕子白又白，
你给小郎分一截。
小郎拿到走夜路，
如同天上娥眉月。

我认为这是我看到的一本民歌集的压卷之作。不知道为什么，我立刻想起王昌龄的《长信宫词》："玉颜不及寒鸦色，犹带昭阳日影来。"二者所写的感情完全不同，但是设想的奇特有其相通处。帕子和月光，妙在似与不似之间。民歌里有一些是很空灵的，并不都是质实的。

一个作家读一点民间文学有什么好处？我以为首先是涵泳其中，从群众那里吸取诗的乳汁，取得美感经验，接受民族的审美教育。

我曾经编过大约四年的《民间文学》期刊，后来写了短篇小说。要问我从民间文学里得到什么具体的益处，这不好回答。这不能像《阿诗玛》里所说的那样：吃饭，饭进到肉里；喝水，水进了血里。要指出我的哪篇小说受了哪几篇民间文学的影响，是不可能的。不过有两点可以说一说。一是语言的朴素、简洁和明快。民歌和民间故事的语言没有含糊费解的。我的语言当然是书面语言，但包含一定的口头性。如果说我的语言还有一点口语的神情，跟我读过上万篇民间文作品是有关系的。其次是结构上的平易自然，在叙述方法上致力于内在的节奏感。民间故事和叙事诗较少描写。偶尔也有，便极精彩，如孙剑冰同志所记内蒙故事中的“鱼哭了，流出长长的眼泪”。一般的故事和民间叙事诗多侧重于叙述，但是叙述的节奏感很强。“三度重叠”便是民间文学的一种常见的美学法则。重叙述，轻描写，已经成为现代小说的一个显著特点。在这一点上，小说需要向民间文学学习的地方很多。

我认为，一个作家要想使自己的作品具有鲜明的民族风格、民族特点，不学习民间文学是绝对不行的。

我的话说得很直率，但确是由衷之言、肺腑之言。

中国文学的语言问题

中国作家现在很重视语言。不少作家充分意识到语言的重要性。语言不只是一种形式，一种手段，应该提到内容的高度来认识。最初提到这个问题的是闻一多先生。他在很年轻的时候，写过一篇《庄子》，说他的文字（即语言）已经不只是一种形式、一种手段，本身即是目的（大意）。我认为这是说得很对的。语言不是外部的东西。它是和内容（思想）同时存在，不可剥离的。语言不能像橘子皮一样，可以剥下来，扔掉。世界上没有没有语言的思想，也没有没有思想的语言。往往有这样的说法：这篇小说写得不错，就是语言差一点。我认为这种说法是不能成立的。我们不能说这首曲子不错，就是旋律和节奏差一点；这张画画得不错，就是色彩和线条差一点。我们也不能说：这篇小说不错，就是语言差一点。语言是小说的本体，不是附加的、可有可无的。从这个意义上说，写小说就是写语言。小说使读者受到感染，小说的魅力之所在，首先是小说的语言。小说的语言是浸透了内容的，浸透了作者的思想的。我们有时看一篇小说，看了三行，就看不下去了，因为语言太粗糙。语言的粗糙就是内容的粗糙。

语言是一种文化现象。语言的后面是有文化的。胡适提出“白话文”，提出“八不主义”。他的“八不”都是消极的，不要这样，不要那样，没有积极的东西，“要”怎样，他忽略了一种东西：语言的艺术性。结果，他的“白话文”成了“大白话”。他的诗：

两个黄蝴蝶，
双双飞上天……

实在是一种没有文化的语言。相反的，鲁迅，虽然说过要上下四方寻找一种最黑最黑的咒语，来咒骂反对白话文的人，但是他在一本书的后记里写的“时大夜弥天、璧月澄照，饕蚊遥叹，余在广州”就很难说这是白话文。我们的语言都是继承了前人，在前人语言的基础上演变、脱化出来的。很难找到一种语言，是前人完全没有讲过的。那样就会成为一种很奇怪的，别人无法懂得的语言。古人说“无一字无来历”，是有道理的。语言是一种文化积淀，语言的文化积淀越是深厚，语言的含蕴就越丰富。比如毛泽东写给柳亚子的诗：

> 三十一年还旧国，
> 落花时节读华章。

单看字面，“落花时节”就是落花的时节。但是读过一点旧诗的人，就会知道这是从杜甫的《江南逢李龟年》里来的：

> 岐王宅里寻常见，
> 崔九堂前几度闻。
> 正是江南好风景，
> 落花时节又逢君。

“落花时节”就含有久别重逢的意思。毛泽东在写这两句诗的时候未必想到杜甫的诗，但杜甫的诗他肯定是熟悉的。此情此景，杜诗的成句就会油然从笔下流出。我还是相信杜甫所说的“读书破万卷，下笔如有神”。多读一点古人的书，方不致“书到用时方恨少”。

这可以说是“书面文化”。另外一种文化是民间的，口头文化。有些作家没有受过完整的教育。战争年代，有些作家不能读到较多的书。有的作家是农民出身。但是他们非常熟悉口头文学。比如赵树理、李季。赵树理是一个农村才子，他能在庙会上一个人唱一台戏——唱、表演、用嘴奏“过门”，念“锣经”，一样不误。他的小说受民间戏曲和评书很大的影响（赵树理是非常可爱的人。他死于“文化大革命”。我十分怀念他）。李季的叙事诗《王贵与李香香》是用陕北“信天游”的形式写的。孙犁说他的语言受了他的母亲和妻子的影响。她们一定非常熟悉民间语言，而且是很熟悉民歌、民间故事的。中国的民歌是一个宝库，非常丰富，我曾经想过一个问题：中国民歌有没有哲理诗？——民歌一般都是抒情诗、情歌。我读过一首湖南民歌，是写插秧的：

赤脚双双来插田，
低头看见水中天。
行行插得齐齐整，
退步原来是向前。

这应该说是一首哲理诗。“退步原来是向前”可以用来说明中国目前的一些经济政策。从“人民公社”退到“包产到户”，这不是“向前”了吗？我在兰州遇到过一位青年诗人，他怀疑甘肃、宁夏的民歌“花儿”可能是诗人的创作流传到民间去的，那样善于用比喻，押韵押得那样精巧。有一回他去参加一个“花儿会”(当地有这样的习惯，大家聚集在一起唱几天“花儿”)，和婆媳两人同船。这婆媳二人把他“唬背”了：她们一路上没有说一句散文——所有对话都是押韵的。媳妇到一个娘娘庙去求子，她跪下来祷告，不是说：送子娘娘，您给我一个孩子，我给您重修庙宇，再塑金身……而是：

今年来了，我是跟您要着哪，
明年来了，我是手里抱着哪，
咯咯嘎嘎地笑着哪！

这是我所听到过的祷告词里最美的一个。我编过几年《民间文学》，得益匪浅。我甚至觉得，不读民歌，是不能成为一个好作家的。

有一首著名的唐诗《新嫁娘》：

洞房昨夜停红烛，
待晓堂前拜舅姑。
妆罢低声问夫婿，
画眉深浅入时无？

这首诗并没有说这位新嫁娘长得好看不好看，但是宋朝人的诗话里已经指出：这一定是一个绝色的美女。这首诗制造了一种气氛，让你感觉到她的美。

另一首有名的唐诗：

君家在何处？
妾住在横塘。
停舟暂借问，
或恐是同乡。

看起来平平常常，明白如话，但是短短二十个字里写出了很多东西。宋人说这首诗“墨光四射，无字处皆有字”。这说得实在是非常的好。

语言的美，不在语言本身，不在字面上所表现的意思，而在语言暗示出多少东西，传达了多大的信息，即让读者感觉、“想见”的情景有多广阔。古人所谓“言外之意”“弦外之音”，是有道理的。

国内有一位评论家评论我的作品，说汪曾祺的语言很怪，拆开来每一句都是平平常常的话，放在一起，就有点味道。我想任何人的语言都是这样。每句话都是警句，那是会叫人受不了的。语言不是一句一句写出来，“加”在一起的。语言不能像盖房子一样，一块砖一块砖垒起来。那样就会成为“堆砌”。语言的美不在一句一句的话，而在话与话之间的关系。包世臣论王羲之的字，说单看一个一个的字，并不怎么好看，但是字的各部分，字与字之间“如老翁携带幼孙，顾盼有情，痛痒相关”。中国人写字讲究“行气”。语言是处处相通，有内在的联系的。语言像树，枝干树叶，汁液流转，一枝动，百枝摇；它是“活”的。

“文气”是中国文论特有的概念。从《文心雕龙》到“桐城派”一直都讲这个东西。我觉得讲得最好、最具体的是韩愈。他说：

> 气，水也；言，浮物也。水大而物之浮者大小毕浮。气之与言犹是也，气盛则言之短长与声之高下者皆宜。

后来的人把他的理论概括成“气盛言宜”四个字。我觉得他提出了三个很重要的观点。他所谓“气盛”，照我的理解，即作者情绪饱满，思想充实。我认为他是第一个提出作者的精神状态和语言的关系的人。一个人精神好的时候往往会才华横溢，妙语如珠；倦疲的时候往往词不达意。他提出一个语言的标准：宜。即合适、准确。世界上有不少作家都说过“每一句话只有一个最好的说法”，比如福楼拜，韩愈则把“宜”更具体化为“言之短长”与“声之高下”。语言的奥秘，说穿了不过是长句子与短句子的搭配。一泻千里，戛然而止，画舫笙歌，骏马收鞭，可长则长，能短则短，运用之妙，存乎一心。中国语言的一个特点是有“四声”。“声之高下”不但造成一种音乐美，而且直接影响到意义。不但写诗，就是写散文，写小说，也要注意语调。语调的构成，和“四声”是很有关系的。

中国人很爱用水来做文章的比喻。韩愈说过。苏东坡说“吾文如万斛源泉，不择地涌出”，“但行于所当行，止于所不可不止”。流动的水，是语言最好的形象。中国人说“行文”，是很好的说法。语言，是内在地运行着的。缺乏内在的运动，这样的语言就会没有生气，就会呆板。

中国当代作家意识到语言的重要性的，现在多起来了。中国的文学理论家正在开始建立中国的“文体学”“文章学”。这是极好的事。这样会使中国的文学创作提高到一个更新的水平。

读民歌札记

奇特的想象

汉代的民歌里，有一首，很特别：

> 枯鱼过河泣，何时悔复及？
> 作书与鲂鱮，相教慎出入。

枯鱼，怎么能写信呢？两千多年来，凡读过这首民歌的人，都觉得很惊奇。这样奇特的想象，在书面文学里没有，在口头文学里也少见。似乎这是中国文学里的一个绝无仅有的孤例。

并不是这样。

偶读民歌选集，发现这样一首广西民歌：

石榴开花朵朵红，蝴蝶寄信给蜜蜂；
蜘蛛结网拦了路，水泡阳桥路不通。

枯鱼作书，蝴蜂寄信，真是无独有偶。

两首民歌的感情不一样。前一首很沉痛。这是一个落难人的沉重的叹息，是从苦痛的津液中分泌出来的奇想。短短二十个字，概括了世途的险恶。后一首的调子是轻松的、明快的。红的石榴花、蝴蝶、蜜蜂、蜘蛛，这是一幅很热闹的图画，让人想到明媚的春光——哦，初夏的风光。这是一首情歌。他和她——蝴蝶和蜜蜂有约，受了意外的阻碍，然而这点阻碍是暂时的，不足为虑的，是没有真正的危险性的。这首民歌的内在的感情是快乐的、光明的，不是痛苦、绝望的。这两首民歌是不同时代的作品，不同生活的反映。但是其设想之奇特，则无二致。

沈德潜在《古诗源》里选了《枯鱼》，下了一个评语，道是："汉人每有此种奇想。"其实应该说：民歌每有此种奇想，不独汉人。

汉代民歌里的动物题材

现存的汉代乐府诗里有几首动物题材的诗。它所反映的生活、思想，它的表现方法，在它以前没有，在它以后也少见。这是汉乐府里的一个独特的组成部分，是文学史上一个很值得注意的现象。除了《枯鱼过河泣》，有《雉子班》《乌生》《蜨蝶行》。另，本辞不传，晋乐所奏的《艳歌何尝行》也可以算在里面。我们有理由相信，这是当时所流行的一种题材，散失不传的当会更多。

雉子班

“雉子，
班如此！
之于雉梁。
无以吾翁孺，
雉子！”
知得雉子高蜚止。
黄鹄蜚，
之以千里王可思。
雄来蜚从雌，
视子趋一雉。
“雉子！”
车大驾马滕，

被王送行所中。

尧羊蜚从王孙行。

一向都认为这首诗“言字讹谬，声辞杂书”，最为难读。余冠英先生的《乐府诗选》把它加了引号和标点，分清了哪些是剧中人的“对话”，哪些是第三者（作者）的叙述，这样，这首难读的诗几乎可以读通了。这是一个伟大的发现。我们说是“伟大的发现”，是因为用了这种方法，可以帮助我们把原来一些不很明白或者很不明白的古诗弄明白（古代的人如果学会用我们今天的标点符号，会使我们省很多事，用不着闭着眼睛捉迷藏）。余先生以为这首诗写的是一个野鸡家庭的生离死别的悲剧，也是卓越的创见。

但是这是一个什么样的悲剧，剧中人共有几人？悲剧的情节是怎样的？在这些方面，我的理解和余先生有些不同。

按余先生《乐府诗选》的注解，他似乎以为是一只小野鸡（雉子）被贵人捉获了，关在一辆马车里。老野鸡（性别不详）追随着马车，一面嘱咐小野鸡一些话。

按照这样的设想，有些词句解释不通。

“之于雉梁”。“雉梁”可以有不同解释，但总是指的某个地方。“之于”是去到的意思。“之于雉梁’是去到某个地方。小野鸡已经被捉了，怎么还能叫它去到某个地方呢？

"知得雉子高蜚止"。这一句本来不难懂，是说知道雉子高飞远走了。余先生断句为"知得雉子，高蜚止"，说是知道雉子被人所得，老雉高飞而来，不无勉强。

尤其是，按余先生的设想，"雄来蜚从雌"这一句便没有着落。这是一句很关键性的话。这里明明说的是"雄来飞从雌"，不是"雄来飞从雉子"呀。

因此，我觉得有必要在余先生的生动的想象的基础上向前再迈一步。

问题：

一、这里一共有几个人物——几个野鸡？我以为一共有三只：雄野鸡、雌野鸡、小野鸡。

二、被捉获的是谁？——是雌野鸡，不是小野鸡。

对几个词义的猜测：

"班"，旧说同"斑"。"班如此"就是这样的好看。在如此紧张的生离死别的关头，还要来称赞自己的孩子毛羽斑斓，无是情理。"班"疑当即"乘马班如""班师回朝"的"班"，即是回去。贾谊《吊屈原赋》："般纷纷其离此尤兮。"朱熹《集注》云："般音班，……般，反也"，"班"即"般"。

"翁孺"，余先生以为是老人与小孩，泛指人类。"孺"本训小，但可引申为小夫人，乃至夫人。古代的"孺子"往往指的是小老婆，清俞正燮《癸巳类稿·释小补楚语笄内则总角义》辨之甚详。我以为“翁孺”是夫妇，与北朝的《捉搦歌》“愿得两个成翁妪”的“翁妪”是一样的意思。“吾翁孺”，即“我们老公母俩”。“无以吾翁孺”，以，依也，意思是你不要靠我们老公母俩了。“吾”字不必假借为“俉”，解为“迎也”。

“黄鹄蜚，之以千里王可思”，我怀疑是衍文。

上述词意的猜测，如果不十分牵强，我们就可以对这首剧诗的情节有不同于余先生的设想：

野鸡的一家三口：雄野鸡、雌野鸡、小野鸡，一同出来游玩。忽然来了一个王孙公子，捉获了雌野鸡。小野鸡吓坏了，抹头一翅子就往回飞。难为了雄野鸡。它舍不下老的，又搁不下小的。它看见小野鸡飞回去了，就扬声嘱咐：“雉崽呀，往回飞，就这样飞回去，一直飞到野鸡居住的山梁，别管我们老公母俩！雉崽！”知道小野鸡已经高高飞走，雄野鸡又飞来追随着雌野鸡。它还忍不住再回头看看，好了，看见小野鸡跟上另一只野鸡，有了照应了，它放了心了。但这也是最后的一眼了，它惨痛地又叫了一声：“雉崽！——”车又大，马又飞跑，（雌雉）被送往王孙的行在所了。雄雉翺翔着追随着王孙的车子，飞，飞……

乌生

乌生八九子，
端坐秦氏桂树间。——唶我！
秦氏家有游遨荡子，
工用睢阳彊、苏合弹。
左手持强弹两丸，
出入乌东西。——唶我！
一丸即发中乌身，
乌死魂魄飞扬上天：
“阿母生乌子时，
乃在南山岩石间，——唶我！
人民安知乌子处？
蹊径窈窕安从通？”
“白鹿乃在上林西苑中，
射工尚复得白鹿脯，——唶我！
黄鹄摩天极高飞，
后宫尚复得烹煮之。
鲤鱼乃在洛水深渊中，
钓钩尚得鲤鱼口。——唶我！

人民生各各有寿命，
死生何须复道前后？”

这是中弹身亡的小乌鸦的魂魄和它的母亲的在天之灵的对话。这首诗的特别处是接连用了五个“唶我”。闻一多先生以为“唶我”应该连读，旧读“我”属下，大谬。这样一来，就把一首因为后人断句的错误而变得很奇怪别扭的诗又变得十分明白晓畅，还了它的本来面目，厥功至伟。闻先生以为“唶”是大声，“我”是语尾助词。我觉得，干脆，这是一个词，是一个状声词，这就是乌鸦的叫声。通篇充满了乌鸦的喊叫，增加诗的凄怆悲凉。

蜨蝶行

蝶之遨游东园，
奈何卒逢三月养子燕，
接我苜蓿间。
持之我入紫深宫中，
行缠之傅欂栌间。
雀来燕，
燕子见衔哺来，

摇头鼓翼何轩奴轩。

剔除了几个“之”字，这首诗的意思是明白的：一只快快活活的蝴蝶，被哺雏的燕子叼去当作小燕子的一口食了。

这几首动物题材的乐府诗有以下几个共同的特点：

一、它们是一种独特题材的诗，不是通常所说的（散体和诗体的）“动物故事”。“动物故事”，或名寓言，意在教训，是以物为喻，说明某种道理。它是哲学的、道德的。“动物故事”的作者对于其所借喻的动物的态度大都是超然的、旁观的，有时是嘲谑的。这些乐府诗是抒情的、写实的。作者对于所描写的动物寄予很深的同情。他们对于这些弱小的动物感同身受。实际上，这些不幸的动物，就是作者自己。

二、这些诗大都用动物自己的口吻，用第一人称的语气讲话。《蜨蝶行》开头虽有客观的描叙，但是自“接我苜蓿间”之后，仍是蜨蝶眼中所见的情景，仍是第一人称。这些诗的主要部分是动物的独白或对话。它们又都有一个简单然而生动的情节。这是一些小小的戏剧。而且，全是悲剧。这些悲剧都是突然发生的。蜨蝶在苜蓿园里遨游，乌鸦在桂树上端坐，原来都是很暇豫安适、自乐其生的，可是突然间横祸飞来，弄得妻离子散、家破人亡。《枯鱼过河泣》《雉子班》虽未写遇祸前的景况，想象起来，亦当如是。

朱矩堂曰“祸机之伏，从未有不于安乐得之”，对于这些诗来说，是贴切的。

三、为什么汉代会产生这样一些动物题材的民歌？写动物是为了写人。动物的悲剧是人民的悲剧的曲折的反映。对这些猝然发生的惨祸的陈述，是企图安居乐业的人民遭到不可抗拒的暴力的摧残因而发出的控诉。动物的痛苦即是人的痛苦。这一类诗多用第一人称，不是偶然的。这些痛苦是由谁造成的？谁是这些惨剧的对立面？《枯鱼》未明指。《蛱蝶行》写得很隐晦。《雉子班》和《乌生》就老实不客气地点出了是“王孙”和“游遨荡子”，是享有特权的贵族王侯。这些动物诗，实际上写的是特权阶层对小民的虐害。我们知道，汉代的权豪贵戚是非常的横暴恣睢、无所不为的。权豪作恶，成为汉代政治上的一个大问题。这些诗，是当时的社会生活的很深刻的反映。

这些写动物诗，应当联系当时的社会生活来看，应当与一些写人的诗参照着看——比如《平陵东》（这是一首写五陵年少绑架平民的诗，因与本题无关，故从略）。

民歌中的哲理

民歌，在本质上是抒情的。

民歌当中有没有哲理诗?

湖南古丈有一首描写插秧的民歌:

> 赤脚双双来插田，低头看见水中天。
> 行行插得齐齐整，退步原来是向前。

首先，这是民歌么?论格律，这是很工整的绝句。论意思，“退步原来是向前”，是所谓“见道之言”。这很像是晚唐和宋代的受了禅宗哲学影响的诗人搞出来的东西。然而细读全诗，这的确是劳动人民的作品。没有亲身参加过插秧劳动的人，是不可能有这样真切的体会的。这不是像白居易《观刈麦》那样只是以旁观者的身份在那里发一通感想。

或者，这是某个既参加劳动，也熟悉民歌的诗人所制作的拟民歌。刘禹锡、黄遵宪的某些诗和民歌放在一起，是几乎可以乱真的。但是我们还没有听说过古丈曾出过像刘禹锡、黄遵宪这样的诗人。

是从别的地方把拟作的民歌传进来的?古丈是个偏僻的地方，过去交通很不方便，这种可能性也不大。

看来，我们只能相信，这是民歌，这是出在古丈地方的民歌。

或者说，这是民歌，但无所谓哲理。“退步原来是向前”，是记实，插秧都是倒退着走的，值不得大惊小怪！不能这样讲吧。多少人插过秧，可谁想到过进与退之间的辩证关系？唱出这样的民歌的农民，确实是从实践中悟出一番道理。清代的湖南，出过几个农民出身的唯物主义的哲学家。莫非，湖南的农民特别长于思辨？吁，非所知矣。

何况前面还有一句“低头看见水中天”呢。抬头看天，是常情；低头看天，就有点哲学意味。有这一句，就证明“退步原来是向前”不是孤立的、突如其来的。从总体看，这首民歌弥漫着一种内在的哲理性。——同时又是生机活泼的、生动形象的，不像宋代某些“以理为诗”的作品那样平板枯燥。

民歌，在本质上是抒情的，但不排斥哲理。

民歌中有没有哲理诗，是一个值得探讨下去的题目。

《老鼠歌》与《硕鼠》

藏族民歌里有一首《老鼠歌》：

从星星还没有落下的早晨，
耕作到太阳落土的晚上；
用疲劳翻开这一锄锄的泥土，

见太阳升起又落下山岗。

收的谷子粒粒是血汗，
耗子在黑夜里把它往洞里搬；
这种冤枉有谁知道谁可怜，
唉，累死累活只剩下自己的辛酸。

我们的皇帝他不管，他不管，
我们的朋友只有月亮和太阳；
耗子呀，可恨的耗子呀，
什么时候你才能死光！

（泽仁沛登、登主、沛楚追等唱，周良沛搜集
载《民间文学》一九六五年六月号）

读了这首民歌，立刻让人想到《诗经》里的《硕鼠》。现代研究《诗经》的人，都认为《硕鼠》是劳动者对于统治阶级加在他们头上的不堪忍受的沉重的剥削所发出的怨恨，诸家都无异词。这首《老鼠歌》可以作为一个有力的旁证。如果看了周良沛同志的附注，《诗经》的解释者对于他们的解释就更有信心了：

“这支歌是清末的一个藏族农民劳动时的即兴之作。他

以耗子的形象来影射统治者对人民的剥削。这支歌流行很广，后遭禁唱。一九三三年人民因唱这支歌，曾遭到反动统治者的大批屠杀。”

不同的时代，不同的地区，不同的民族，却用同样的形象、同样影射的方法来咒骂压在他们头上的剥削者，这是很有意思的事。其实也不奇怪，人同此心而已。他们遭受的痛苦是一样的。夺去他们的劳动果实的，有统治者，也有像田鼠一样的兽类。他们用老鼠来比喻统治者，正是“能近取譬”。硕鼠，即田鼠，偷盗粮食是很凶的。我在沽源，曾随农民去挖过田鼠洞。挖到一个田鼠洞，可以找到上斗的粮食。而且储藏得很好：豆子是豆子，麦子是麦子，高粱是高粱。分门别类，毫不混杂！这是一个典型的不劳而食者的粮仓。而且，田鼠多得很哪！

《硕鼠》是魏风。周代的魏进入了什么社会形态，我无所知。周良沛同志所搜集的藏族民歌，好像是云南西部的。那个地区的社会形态，我也不了解。“附注”中说这是一个“农民”的即兴之作。是自由农民呢，还是农奴呢？“统治者”是封建地主呢，还是农牧主呢？这些都无从判断。根据直觉的印象，这两首民歌都像是农奴制时代的产物。大批地屠杀唱歌人，这种事只有农奴主才干得出来。而《硕鼠》的“逝（誓）将去汝，适彼乐土”很容易让人想到农奴的逃亡——封建农民是没有这种思想的。有人说“适彼乐土”

只是空虚渺茫的幻想，其实这是十分现实的打算。这首诗分三节，三节的最后都说："逝将去汝"，这是带有积极的行动意味的，而且感情是强烈的。"逝将"乃决绝之词，并无保留，也不软弱。在农奴制社会里，逃亡，是当时仅能做到的反抗。我们不能用今天工人阶级的觉悟去苛求几千年前的农奴。这一点，我和一些《硕鼠》的解释者的看法，有些不同。

“花儿”的格律
——兼论新诗向民歌学习的一些问题

在用汉语歌唱的民歌当中，“花儿”的形式是很特别的。其特别处在于：一个是它的节拍，多用双音节的句尾；一个是它的用韵，用仄声韵的较多，而且很严格。这和以七字句为主体的大部分汉语民歌很不相同。

一

徐迟同志最近发表的谈诗的通讯里，几次提到仿民歌体新诗的三字尾的问题。他提的这个问题是值得注意的。民歌固多三字尾，这是不以人的意志为转移的客观事实。

并非从来就是如此。《诗经》时代的民歌基本上是四言的，其节拍是“二——二”，即用两字尾。《诗经》有三言、五言、七言的句子，但是较为少见，不是主流。

三字尾的出现，盖在两汉之际，即在五言的民歌和五言诗的形成之际。五言诗的特点不在于多了一个字，而是节拍上起了变化，由“二——二”变成了“二——三”，也就是由两字尾变成了三字尾。

从乐府诗可以看出这种变化的痕迹。乐府多用杂言。所谓杂言。与其说是字数参差不齐，不如说是节拍多变；三字尾和两字尾同时出现，而其发展的趋势则是三字尾逐渐占了上风。西汉的铙歌尚多四字句，到了汉末的《孔雀东南飞》，则已是纯粹的五字句，句句是三字尾了。

中国诗体的决定因素是句尾的音节，是双音节还是三个音节，即是两字尾还是三字尾。特别是双数句，即“下句”的句尾的音节。中国诗（包括各体的韵文）的格律的基本形式是分上下句。上句，下句，一开一阖，形成矛盾，推动节奏的前进。一般是两句为一个单元。而在节拍上起举足轻重的作用的，是下句。尽管诗体千变万化，总逃不出三字尾和两字尾这两种格式。

三字尾一出现，就使中国的民歌和诗在节拍上和以前诗歌完全改观。这是一个划时代的变化。

从五言发展到七言，是顺理成章的必然趋势。五言发展到七言，不像四言到五言那样的费劲。只要在五言的基础上向前延伸两个音节就行了。五言的节拍是“二——三”，七言的节拍是“二——二——三”。七言的民歌大概比七言诗早一些。我们相信，先有“柳枝”“竹枝”这样的七言的四句头山歌，然后才有七言绝句。

七言一确立，民歌就完全成了三字尾的一统天下。

词和曲在节拍上是对五、七言诗的一个反动。词、曲也是由三字尾的句子和两字尾的句子交替组织而成的。它和乐府诗的不同是乐府由两字尾向三字尾过渡，而词、曲则是有意识地在三字尾的句子之间加进了两字尾的句子。《花间集》所载初期的小令，还带有浓厚的五、七言的痕迹。越到后来，越让人感觉到，在词曲的节拍中起着骨干作用的，是那些两字尾的句子。试看柳耆卿、周美成等人的慢词和元明的散曲和剧曲，便可证明这点。词、曲和诗的不同正在前者杂入了两字尾。李易安说苏、黄之词乃“字句不葺”的小诗。所谓“字句不葺”，是因为其中有两字尾。

词、曲和民歌的关系，我们还不太清楚。一些旧称来自“民间”的词曲牌，如“九张机”“山坡羊”之类，从严格的意义上讲，能不能算是民歌，还很难说。似乎词、曲自在城市的里巷酒筵之间流行，而山村田野所唱的，一直仍是七言的民歌。

“柳枝”“竹枝”，未尝绝绪。直到今天，中国大部分地区的民歌仍以七言为主，基本上是七言绝句。大理白族的民歌多用“七、七、七、五”或“三、七、七、五”，实是七绝的一种变体。湖南的五句头山歌是在七绝的后面加了一个“搭句”，即找补了一句，也可说是七绝的变体。有些地区的民歌，一首只有两句，而且每句的字数比较自由，比如陕北的“信天游”和内蒙古的“爬山调”，但其节拍仍然是“二——二——三”，可以说这是“截句”之截，是半首七绝。总之，一千多年以来，中国的民歌，大部分是七言、四句，以至许多人一提起民歌，就以为这是说七言的四句头山歌。在许多人的心目中，“民歌”和四句头山歌几乎是同一概念。民歌即七言，七言即三字尾，“民歌”和“三字尾”分不开。因此，许多仿民歌体的新诗多用三字尾，不是没有来由的。徐迟同志的议论即由此而发，他似乎为此现象感到某种不安。

但不是所有的民歌都是三字尾。“花儿”就不是这样。

“花儿”给人总的印象是双字尾。

我分析了《民间文学》一九七九年第一期发表的《莲花山“花儿”选》，发现“花儿”的格式有这样几种：

（一）四句，每句都用双音节的语词作为句尾，如：

> 尕梯子搭在（者）蓝天上，双手把星星摘上，
> 风云雷电都管上，华主席给下的胆量。

除去一些衬字，这实际上是一首六言诗。

（二）四句，每句的句尾用双音节语词，而在句末各加

一个相同的语气助词，如：

政策回到山垴呢，社员起黑贪早呢，

赶着日月赛跑呢，尕日子越过越好呢。

除去四个“呢”字，还是一首六言诗。

菊花盅里斟酒哩，人民心愿都有哩，

敬给英明领袖华主席，一心紧跟你走哩。

这里“有”“走”本是单音节语词，但在节拍上，“都有”“你走”连在一起，给人一种双音节语词的感觉。这一首第三句是三字尾，于是使人感到在节拍上很像是“西江月’。

（三）四句，上句是三字尾，下句是两字尾：

黑云里闪出个宝蓝天，开红了园里的牡丹；

华主席接上了毛主席的班，人民（们）心坎上喜欢。

（四）上句是七字句，下句是五字句，七、五、七、五。但下句加一个语气助词，这个助词有延长感，当重读（唱），与前面的一个单音节语词相连，构成双音节的节拍，如：

山上的松柏绿油油地长，风吹（着）叶叶儿响哩；

人民的总理人民爱，由不得眼泪（吆）淌哩。

（五）四句，上句的句尾是双音节语词加语气助词，下句为单音节语词加助词。同上，下句的单音节语词与语气助词相连，构成双音节的节拍，如：

南山的云彩里有雨哩，地下青草（们）长哩；

毛主席的恩情暖在心里哩，年年（吧）月月地想哩。

（六）五句，在四句体的第三句后插入一个三音节的短句，或各句都是两字尾，或上句是三字尾，下句是两字尾：

党的阳光照上了，

山里飞起凤凰了，

心上的“花儿”唱上了，

有华主席，

才有了六月的会场了。

画了南昌（者）画延安，
常青松画在个高山，
叶帅的功德高过天，
危难时，
把毛主席的旗帜肘端。

（七）六句，即在四句体的两个上句之后各插入一个三音节的短句。上句常为三字尾，下句或用双音节语词，或以单音节语词加语气助词构成双音节：

云消雾散的满天霞，
彩云飘，
花儿开红（者）笑吓；
群众拥护敌人怕，
邓副主席，
拨乱反正的胆大。

祁连山高（者）云雾绕，
雪山水，
清亮亮流出个油哩！
叶帅八十（者）不服老，
迈大步，

新长征要带个头哩!

(八)六句、七句，下句句尾或用双音节语词，或以单音节语词加一语气助词构成双音节。

总之,“花儿”的节拍是以双音节、两字尾为主干的。我们相信，如果联系了曲调来考察，这种双字尾的感觉会更加突出。“花儿”和三字尾的七言民歌显然不属于一个系统。如果说七字句的民歌和近体诗相近，那么“花儿”则和词曲靠得更紧一些。“花儿”的格律比较严谨，很像是一首朴素的小令。四句的“花儿”就其比兴、抒情、叙事的结构看，往往可分为两个单元，这和词的分为上下两片，也很相似。这是一个很奇怪的现象。“花儿”是用汉语的少数民族(东乡族、回族)的民歌，为什么它有这样独特的节拍，为什么它能独立存在，自成系统，其间的来龙去脉，我们现在还一无所知。但这是一个很值得探讨，并且非常有趣的问题。

二

另一问题是“花儿”的用韵，更准确一点说，是它的“调”——四声。

中国话的分四声，在世界语言里是一个很特别的现象。它在中国的诗律——民歌、诗、词曲、戏曲的格律里又占着很重要的位置。离开四声，就谈不上中国韵文的格律。然而这是一个非常麻烦的问题。

首先是它的历史情况。四声是什么时候开始有的，众说不一。清代的语言学家就为此聚讼不休。争论的焦点是古代有无上去两声。直到近代，尚无定论。有人以为古代只有平入两声，上去是中古才分化出来的（如王了一）；有的以为上去古已有之（如周祖谟）。从作品看，我觉得至少《诗经》和《楚辞》时代已经有了四声——有了上去两声了，民歌的作者已经意识到，并在作品中体现了他们的认识。

比如“卿云歌”：

卿云烂兮，糺缦缦兮。
日月光华，旦复旦兮。

小时读这首民歌，还不完全懂它的意思，只觉得一片光明灿烂，欢畅喜悦，很受感动。这种华丽的艺术效果，无疑地是由一连串的去声韵脚所造成的。

又如《九歌·礼魂》：

成礼兮会鼓，
传芭兮代舞，
姱女倡兮容与，
春兰兮秋菊，
长无绝兮终古。

年轻时读到这里，不仅听到震人肺腑的沉重的鼓声，也感受到对于受享的诸神的虔诚的诵颂之情。这种堂皇的艺术效果，也无疑地是由一连串的上声韵脚所造成的。

古今音不同，我们不能完全真切地体会到这两首民歌歌词的音乐性，但即以现代的语音衡量，这两首民歌的声音之美，是不容怀疑的。

从实践上看，上去两声的存在是相当久远的事，两者的调值也是有明显的区别的。至于平声、入声的存在，自不待言。

麻烦出在把四声分成平仄。这不知道究竟是什么时候的事。旧说沈约的《四声潜》把上、去、入归为仄声。不知道有什么根据。中国的语音从来不统一，这样的划分不知是根据什么时代、什么地区的语音来定的。我们设想，也许古代语言的平声没有分化成为阴平、阳平，它是平的——“平声平道莫低昂”。入声古今变化似较小，它是促音，“入声短促急收藏”。上去两声，从历来的描摹，实在叫人摸不着头脑。也许在一定时期，上去入是“不平”的，即有升有降的。但是平仄的规定，是在律诗确定的时候。或者更准确地说，是在唐代以律诗取士的时候。我很怀疑，这是官修的韵书所定，带有很大的人为的成分。我就不相信说四川话（当时的四川话）的李白和说河南话的杜甫对于四声平仄的耳感是一致的。

就现代语言说，“平仄”对举是根本讲不通的。大部分方言平声已经分化成为阴平、阳平。阴平在很多地区是高平调，可以说是平声。但有些地区是降调，既不高，也不平，如天津话和扬州话。阳平则多数地区都不“平”。或为升调，如北京话；或为降调，如四川、湖南话。现在还把阴平阳平算作一家，有些勉强。至于上去两声，相距更远。拿北京话来说，上声是降升调，去声是降调，说不出有共同之处。把上去入三声挤在一个大院里，更是不近情理。

因此，我们说平仄是一个带有人为痕迹的历史现象，在现代民歌和诗的创作里沿用平仄的概念，是一个不合实际的习惯势力。

沿用平仄的概念带来了不好的后果，一个是阴平阳平相混；一个是仄声通押，特别是上去通押。

阴平、阳平相混，问题小一些。因为有相当地区的阳平调值较高，与阴平比较接近。

大部分民歌和近体诗都是押平声韵的。为什么会这样，照王了一先生猜想，以为大概是因为它便于“曼声歌唱”。乍听似乎有理。但是细想一下，也不尽然。上去两声在大部地区的语言里都是可以延长、不妨其为曼声歌唱的。要说不便于曼声歌唱的，其实只有入声，因为它很短促。然而词曲里偏偏有很多押入声韵的牌子，这是什么道理？然而，民歌、诗，乃至词曲，平声韵多，这是事实。如果阴平、阳平有某种相近之处，听起来或者不那么别扭。

麻烦的是还有一些仄韵的民歌和近体诗。

本来这是不成问题的。照唐以前的习惯，仄韵诗中上去入不能通押。王了一先生在《汉语诗律学》里说：“汉字共有平上去入四个声调；平仄格式中虽只论平仄，但是做起仄韵诗来，仍然应该分上去入。上声和上声为韵，去声和去声为韵，入声和入声为韵；偶然有上去通押的例子，都是变例。”不但近体诗是这样，古体诗也是这样。杜甫和李白的许多多到几十韵的长篇歌行，都没有上去通押。白居易的《琵琶行》和《长恨歌》，照今天的语音读起来，或有上去通押处，但极少。

由此而见，唐人认为上去有别，上去通押是不好听的。

“花儿”的歌手也是意识到这一点的。我统计了一下《民间文学》一九七九年第一期发表的“花儿”，用平韵的十首，用仄韵的三十四首，仄韵多于平韵。仄韵中上去通押的也有，但不多，绝大部分是上声押上声，去声押去声。试看：

五月端阳插柳哩，牡丹开在路口哩，

华主席英明领导哩，精神咋能不有哩？

榆木安了镢把了，一切困难不怕了，

华主席的恩情记下了，劳动劲头越大了。

这样的严别上去，在民歌里显得很突出。

“花儿”的押韵还有一个十分使人惊奇的现象，是它有间行为韵这一体，上句和上句押，下句和下句押，就是西洋诗里的ABAB，如：

南山的云彩里有雨哩，

地下的青草（们）长哩；

毛主席的恩情暖在心底哩，

年年（吧）月月地想哩。

“雨”和“底”协，“长”和“想”协。

东拐西弯的洮河水，(A)
不停(哈)流，(X)
把两岸的庄稼(们)浇大；(B)
南征北战的老前辈，(A)
朱委员长，(X)
把您的功德(者)记下。(B)

千年的苦根子毛主席拔了，(A)
高兴(者)把“花儿”漫了；(B)
“四人帮”就像黑霜杀，(A)
我问你，(X)
唱“花儿”把啥法犯了？！(B)

这样的间行为韵，共有七首，约占《民间文学》这一期发表的“花儿”总数的六分之一，不能说是偶然的现象。我后来又翻阅了《民间文学集刊》和过去的《民间文学》发表的“花儿”，证实这种押韵方式大是存在，这是“花儿”押韵的一种定格，无可怀疑。

间句为韵的一种常见的办法是两个上句或两个下句的句尾语词相同，如：

麦子拔下了草丢下，麻雀抱两窝蛋呢；
阿哥走了魂丢下，小妹妹做两天伴呢。

石崖吧头上的穗穗草，风刮着摆天下呢；
身子边尕妹的岁数小，疼模样占天下呢。

“花儿”还有一种非常精巧的押韵格式：四句的句尾押一个的；而上句和上句的句尾的语词，下句和下句句尾前的语词又互相押韵。无以名之，姑且名之曰“复韵”，如：

冰冻三尺口子开，雷响了三声（者）雨来；
爱情缠住走不开，坐下是无心肠起来。

这里“开”“来”为韵，“口”和“走”为韵，“雨”和“起”又为韵。

十样景装的（者）箱子里，小圆镜装的（者）柜子里；
我冤枉装的（者）腔子里，我相思病的（者）内里。

这里四个“里”字是韵，“箱子”“腔子”为韵，“柜”“内”又为韵。

间句为韵，古今少有。苏东坡有一首七律，除了双数句押的外，单数句又互押一个韵，当时即被人认为是“奇格”。苏东坡写这样的诗是偶一为之，但这说明他意识到这样的押韵是有其妙处的。像“花儿”这样大量运用间句为韵，而且押得这样精巧，押出这样多的花样，真是令人惊叹！这样的间句为韵有什么好处呢？好处当然是有的，这就是比双句入韵、单句不入韵可以在声音上造成更为鲜明的对比，更大幅度的抑扬。我很希望诗人、戏曲作者能在作品里引进这种 ABAB 的韵格。在常见的 AA×A 和 XA×A 的两种押韵格式之外，增加一种新的（其实是本来就有的）格式，将会使我们的格律更丰富一些，更活泼一些。

“花儿”押韵的一个优点是韵脚很突出。原因是一句的韵脚也就是一句的逻辑和感情的重音。有些仿民歌体的新诗，也用了韵了，但是不那么突出，韵律感不强，虽用韵仍似无韵，诗还是哑的。原因之一，就是意思是意思，韵是韵，韵脚不在逻辑和感情重点上，好像是附加上去的。“花儿”的作者是非常懂得用韵的道理的，他们长于用韵，善于用韵，用得很稳，很俏，很好听，很醒脾。韵脚，是“花儿”的灵魂。删掉或者改掉一个韵脚，这首“花儿”就不存在了。

三

综上所述，我们可以为“花儿”的格律做一小结，以赠有志向民歌学习的新诗人：

一、“花儿”多用双音节的句尾，即两字尾。学习它，对突破仿民歌体新诗的三字尾是有帮助的。汉语的发展趋势是双音节的词汇逐渐增多，完全用三字尾作诗，有时不免格格不入。有的同志意识到这一点，出现了一些吸收词曲格律的新诗，如朔望同志的某些诗，使人感到面目一新。向词曲学习，是突破三字尾的一法。但还有另一法，是向“花儿”这样的民歌学习。我并不同意完全废除三字尾，三字尾自有其方兴未艾的生命。我只是主张增入两字尾，使民歌体的新诗的格律更丰富多样一些。

二、“花儿”是严别四声的。它没有把语言的声调笼统地分为平仄两大类。上去通押极少。上声和上声为韵，去声和去声为韵，在声音上取得很好的效果。上去通押，因受唐以来仄声说的影响，在多数诗人认为是名正言顺、理所当然的事。其实这是一种误会，这在耳感上是不顺的，是会影响艺术效果的。希望诗人在押的时候能注意到这一点。

三、“花儿”的作者对于语言、格律、声韵的感觉是非常敏锐的。他们不觉得守律、押韵有什么困难，这在他们一点也不是负担。反之，离开了这些，他们就成了被剪去翅膀的鸟。据剑虹同志在《试谈“花儿”》中说：“每首‘花儿’的创作时间顶多不能超过三十秒钟。”三十秒钟！三十秒钟，而能在声韵、格律上如此的精致，如此的讲究，真是难能之至！其中奥妙何在呢？奥妙就在他们赖以思维的语言，就是这样有格律的、押韵的语言。他们是用诗的语言来想的。莫里哀戏剧里的汝尔丹先生说了四十多年的散文，民歌的歌手一辈子说的（想的和唱的）是诗。用合乎格律、押韵的、诗的语言来思维（不是想了一个散文的意思再翻译为诗）。这是我们应该向民歌手学习的。我们要学习他们，训练自己的语感、韵律感。

我对于民歌和诗的知识都很少，对语言声韵的知识更是等于零，只是因为有一些对于民歌和诗歌创作的热情，发了这样一番议论。

我希望，能加强对于诗和民歌的格律的研究。

晚岁渐于诗律细

我知道刃锋，在四十年代。刃锋成名甚早。解放前历次全国木刻展览，刃锋的作品都很突出。展品选为画册，刃锋之作，常居于显著地位。所表现的多为苦难的土地和人民，刀法刚劲，充满反抗意识。

五十年代初，得识刃锋于北京，我们都在市文联。我在《说说唱唱》当编辑。编辑部在霞公府楼上，两间日本人留下来的房子——门是纸门。刃锋的画室和编辑部之间，只隔了端木蕻良的书斋。我时常踱到刃锋屋里，看他作画，听他聊天。刃锋读书多，哲学、美术史、美术理论，无不涉猎。说话很慷慨，多顿挫，有点白居易所说“气粗言语大”的劲头。一九五五年我调到中国民间文艺研究会，刃锋仍留在市文联，彼此见面遂少。

刃锋一生坎坷。解放前过了多年流亡生活，颠沛于沪渝等地。解放后生活稍稍安定。一九五七年被划成“右派”。

这是意料中事。他是最早划为“右派”的，而摘掉帽子又甚晚，直到七十年代，原因是属于“死不悔改的‘右派’”云云。这却是没有想到的。这些年我没有见到过刃锋，只听说他境遇很不好，但还在作画。

一天，刃锋忽然来看我。谈锋依然很健，谈论书画、臧否人物，毫无保留。我心里想：汪刃锋还是汪刃锋，真是死不悔改的了。

刃锋告诉我他要办一次回顾展，带来一些国画彩色照片让我看，我看了，觉得二十多年，刃锋还是有变化的。第一，“庾信文章老更成”，刃锋更成熟了。这没有什么奇怪，画家总是越老越成熟的。第二，对我说起来倒是有点新鲜的：“晚岁渐于诗律细”。刃锋早年的画，奔放的多，近期的画却趋于严谨了。画属“小写意”，笔笔都交代得很清楚，有笔有墨，画面极干净，不像时下许多画家，看起来大刀阔斧，水墨淋漓，很能“虎”人，但笔笔经不起推敲。刃锋的构图很稳，不以险怪取胜。这是不能藏拙，也不易讨巧的。但是刃锋选择了一条不欺世、不骇俗、扎扎实实的路子，这是需要勇气的。

刃锋长于书法，中年后写怀素，用中锋，但有法度，不像包世臣所说的“信笔”——目下写狂草的，多“信笔”，让笔牵着自己走。刃锋题大幅画，每用隶书，但很舒展秀丽，不像许多人写的隶书，似乎苍苍莽莽，实是美术字而已。看来刃锋是写了几年《曹全碑》《张迁碑》的。

刃锋稍长于我，才过了七十，身体精力都不错，他还能画好多年。相信他会进入一个更新的境界。

对仗·平仄

英文《中国文学》翻译了我的小说《受戒》。事前我就为译者想：这篇东西是很难翻的。"受戒"这个词，英文里大概没有，翻译家把题目改了，改成"一个小和尚的恋爱故事"，这不免有点叫人啼笑皆非。小说里有四副对联，这怎么翻？样书寄到，拆开来看看正文，这位翻译家对对联采取了一个干净绝妙的办法：全部删掉。我所见到的这篇小说的几个译本对对联大都只翻一个意思，不保留格式。只有德文译文看得出是一副对联：上下两句的字数一样，很整齐。这位德文译者真是下了功夫！但就是这样，也还是形似而已，不是真正的对联。

对联是中国特有的艺术形式，对联的前提是必须是单音缀（或节）的语言，一字、一音、一意。西方的语言都是多音节的，"对"不起来。

与对仗有关的是中国话（主要指汉语）有"调"。据说古梵语有调，其他国家的语言都没有鲜明的音高调值差别。郭沫若参加世界和平理事会，约翰逊主教就觉得郭说话好像在唱歌。就是因为郭老的语言有高低调值。中国人觉得老外说话都是平的，外国人学说中国话最“玩不转”的便是“调”。

对联的上下联相同位置的字音要相反，上联此位置的字是平声，则下联此位置之字必须是仄声。两联的意思一般是一开一阖、一正一反，相辅相成。或两联意境均大，如“大漠孤烟直，长河落日圆”；或两句都小，如“细雨鱼儿出，微风燕子斜”。有些对句极工巧，而内涵深远，如李商隐“此日六军同驻马，当年七夕笑牵牛”。有“无情对”，只是字面相对，意思上并无联系，如我的小说《受戒》中的一副对联：

一花一世界，
三藐三菩提。

“三藐三菩提”的“三”并非幺二三的三，这不是数字，是梵语汇音。有“流水对”，上一句和下一句一气贯穿，如同流水，似乎没有对，如“三十一年还旧国，落花时节读华章”。“流水对”最难写，毛泽东这一联极有功力。

由于有对仗、平仄，就形成中国话的特有的语言美，特有的音乐感。有人写诗，两个字意思差不多，用这个字、不用那个字，只是“为声俊耳”(此语出处失记)。作为一个当代作家应该注意培养语言的审美感觉、语言的音乐感，能感受哪个字“响”，哪个字不“响”。

我们今天写散文或小说，不必那么严格地讲对仗，讲平仄，但知道其中道理，使笔下有丰富的语感，是有好处的。我写小说《幽冥钟》，写一座古寺的罗汉堂外有两棵银杏树，已是数百年物，“夏天，一地浓荫。冬天，满阶黄叶。”如果完全不讲对仗，不讲平仄，就不能产生古旧荒凉的意境。

童歌小议

少年谐谑

我的孩子(他现在已经当了爸爸了)曾在一个“少年之家”“上”过。有一次唱歌比赛，几个男孩子上了台。指挥是一个姓萧的孩子，“预备——齐！”几个孩子放声歌唱：

排起队，
唱起歌，
拉起大粪车。
花园里，
花儿多，
马蜂螫了我！

表情严肃，唱得很齐。

少年之家的老师傻了眼了：这是什么歌？

一个时期，北京的孩子（主要是女孩子）传唱过一首歌：

小孩小孩你别哭，
前面就是你大姑。
你大姑罗圈腿，
走起路来扭屁股，
——扭屁股哎嗨哟哦……

这首歌是用山东柳琴的调子唱的，歌词与曲调结合得恰好，而且有山东味儿。

这些歌是孩子们“胡编”出来的。如果细心搜集，单是在北京，就可以搜集到不少这种少年儿童信口胡编的歌。

对于孩子们自己编出来的这样的歌，我们持什么态度？

一种态度是鼓励。截至现在为止，还没有听到一位少儿教育专家提出应该鼓励孩子们这样的创造性。

第二种态度是禁止。禁止不了，除非禁止人有童年。

第三种态度是不管，由它去。少年之家的老师对淘气的男孩子唱那样的歌，不知如何是好，只是傻了眼。“傻了眼”不失为一种明智的态度。

第四种态度是研究它，我觉得孩子们编这样的歌反映了一种逆反心理，甚至是对于强加于他们的过于严肃的生活规范，包括带有教条意味的过于严肃的歌曲的抗议。这些歌是他们自己的歌。

第五种态度是向他们学习。作家应该向孩子学习。学习他们的信口胡编。第一是信口。孩子对于语言的韵律有一种先天的敏感。他们自己编的歌都非常“顺”，非常自然，一听就记得住。现在的新诗多不留意韵律，朦胧诗尤其是这样。我不懂，是不是朦胧诗就非得排斥韵律不可？我以为朦胧诗尤其需要韵律。李商隐的不少诗很难“达诂”，但是听起来很美。戴望舒的《雨巷》说的是什么？但听起来很美。听起来美，便受到感染，于是似乎是懂了。不懂之懂，是为真懂。其次，是“胡编”。就是说，学习孩子们的滑稽感，学习他们对于生活的并不恶毒的嘲谑态度。直截了当地说：学习他们的胡闹。

但是胡闹是不易学的。这需要才能，我们的胡闹才能已经被孔夫子和教条主义者敲打得一干二净。我们只有正经文学，没有胡闹文学。再过二十年，才许会有。

儿歌的振兴

近些天楼下在盖房子，电锯的声音很吵人。电锯声中，想起有关儿歌的问题。

拉大锯，
扯大锯。
姥姥家，
唱大戏。
请闺女，
接女婿。
小外孙子也要去，
……

这是流传于河北一带的儿歌。流传了不知有几百年了。

拉锯，/送锯。
你来，/我去。
拉一把，/推一把，
哗啦哗啦起风啦

……

这首歌是有谱，可以唱的。我在幼儿园时就唱过，我上幼儿园是五岁，今年六十六了。我的孙女现在还唱这首歌。这首歌也至少有了五十多年的历史了。

这两首儿歌都是“写”得很好的。音节好听，很形象。前一首“拉大锯”是“兴也”，只是起个头，主要情趣在“姥姥家，唱大戏……”。后一首则是“赋也”，更具体地描绘了拉大锯的动作。拉大锯是过去常常可以见到的。两根短木柱，搭起交叉的架子，上面卡放了一根圆木，圆木的一头搭在地上；圆木上弹了墨线；两个人，一个站在圆木上，两腿一前一后，一个盘腿坐在下面，两人各持大锯的木把，“噌、噌、噌”地锯起来，锯末飞溅，墨线一寸一寸减短，圆木“解”成了板子。“拉大锯，扯大锯”，“拉锯，送锯，你来，我去”，如果不对拉锯做过仔细的观察，是不能“写”得如此生动准确的。

但是现在至少在大城市已经难得看见拉大锯的了。现在从外地到北京来给人家打家具的木工，很多都自带了小电锯，解起板子来比鲁班爷传下来的大锯要快得多了。总有一天，大锯会绝迹的。我的孙女虽然还唱、念我曾经唱、念过的儿歌，但已经不解歌词所谓。总有一天，这样的儿歌会消失的。

旧日的儿歌无作者，大都是奶奶、姥姥、妈妈顺口编出来的，也有些是幼儿自己编的，是所谓“天籁”，所以都很美。美在有意无意之间，富于生活情趣，而皆朗朗上口。儿歌引导幼儿对于生活的关心，有助于他们发挥想象，启发他们对语言的欣赏，使他们得到极大的美感享受。儿歌是一个人最初接触的并且影响到他毕生的艺术气质的纯诗。

“拉锯，送锯”可能原有一首只念不唱的儿歌的底子，但也可能是某一关心幼儿教育的作家的作品。如果是专业作家的作品，那么这位作家是了不起的作家。旧儿歌消亡了，将有新儿歌来代替。现在的儿歌大都是创作的。我读了不少我的孙女的“幼儿读物”，觉得新编的儿歌好的不多。政治性太强，过分强调教育意义，概念化，语言不美，声音不好听。看来有些儿歌作者缺乏艺术感，语言功力不够，我希望新儿歌的作者能熟读几百首旧儿歌。我希望有兼富童心和母性的大诗人能写写儿歌。

漫话作家的责任感

作家当然应该有责任感，但是如何评判作家的责任感则值得好好研究。

我觉得分析一个作家的文学创作主张，不应该以他在某一个会上说过某一句话作为标准，而应该看他全部作品。甚至即使他说自己不考虑社会责任感，照样可能是有社会责任感的。不能从简单的一句话中看待一个作家的整个创作主张和整个人生态度。

比如阿城说过他写小说就是为了满足自我，对这样一句话可以做各种引申，可以引申出他没有责任感，也可以引申出他有很强烈的社会责任感。这就要看他的作品到底反映了些什么。

一个作家的作品，一旦发表出来就成为一种社会事实，就会产生社会影响。你的作品写成后，锁在抽屉里是属于自己的，发表出来就成了社会现象，当然也就会对读者产生这样那样的影响。这种影响，发表前你也许不能完全准确估计到，但是大体上还是一个估计的。

现在对于责任感的理解可能有两种。一种所谓的责任感就是古代的“代圣贤立言”，也就是说别人的话，说别人想说而没有说出来的话，替别人说话。这就是揣摩上意，发意称旨，就是皇上嘴里还没有出来呢，我就琢磨着他要说什么。还有一种责任感，是作家表达自己对社会的感受，是出自自己真诚的思索。我赞成后一种责任感。

一个作品产生的社会效果，往往不是出自作家的主观意识，而是受社会环境的影响。像抗日战争中，没有“白毛女”也会出现别的戏，鼓励大家参军打鬼子去，因为当时有这样的社会环境。所以我觉得，应当研究一部重要作品到底是怎样产生作用的，产生了什么作用。作家的责任感应该是独特的，与其他人有所不同。我最近读了巴西总统写的一首诗，写的是渔民出海时亲人等他的心情。诗写得很好。我觉得他虽然是总统，但是写诗的时候不是总统，是诗人，是用诗人的眼睛看待世界，表达自己的感受。他当总统时是总统，不当总统时是诗人，不能用当总统的责任感写诗，也不能用写诗的办法治理国家。两者不是一回事。作家的责任感是在作品中体现出来的，而不应该游离于作品之外。你在写作时，所要考虑的就是把作品写好，不可能先想你该有怎样的社会责任感，这样的作品很难成功。我曾经问过一个空军飞行员，上天的时候是不是想到对国家对民族的责任。他说我不能想，我一想就要被敌人打下来了。我只能想怎样瞄准对手，把他打下来。写小说也是一样，如写不好，就像飞机驾驶员就要被揍下来一样。

现在一些人主张文学应该更多反映社会问题，更多干预生活，这种看法值得探讨。最早提出“问题小说”的是赵树理，他也写过一些这类作品，像《地权》就是解决土地问题的。但是恰恰就是他自己的不少小说，也无法放到“问题小说“里面，比如《手》，比如《富贵》，而往往就是这样一些小说比所谓的“问题小说”的艺术生命力要强。过去不少作家包括老舍这样的作家都受到这种影响，总想在作品中直接反映社会变化，配合运动需要，以为这就是责任感。老舍《茶馆》的结尾原来不是这样，他打算把王利发写成当上了人民代表。后来焦菊隐对他说，你就是第一幕好，你就照着第一幕写吧。老舍说，那咱们就“配合”不上了。如果真“配合”上了，《茶馆》也就不是《茶馆》了。现在，一些人所说的社会责任感，和那时的“配合”其实是一样的。

作家想要更多地干预生活，从自己的能力来说也很难做到。道理很明显，一个作家所能表现的只能是他所感知的那部分世界，总是有局限的。如果整个世界都要表现，不就成了全知全能的上帝了吗？好比一个大夫，不可能内科、外科、儿科、妇科都干，而且都干得很好，只能专攻一行。

如果你只割瘤子，你就把那个瘤子割好了，不就行了？简单地说，这就是卖什么吆喝什么。搞文学的就把文学搞好。

还有一种情况，就是一些人总愿意给文学作品赋予更多的功能，结果使你写的东西产生的社会效果和你所想的完全不是一回事。比如，我写过一篇小说《皮凤三楦房子》，是讽刺性的。写的是故乡高邮一个叫高大头的人有办法，居然在九平方米的地皮上盖起了三十六平方米的房子。写的是这个过程。高大头确有一个原型，但我写的是小说，是因为对这个事情感兴趣，并没有想到会产生什么效果。没想到小说一发表，当地政府马上决定给这个“高大头”解决房子，说汪老在小说里都写了这件事了，而且“高大头”现在还成了我们县里的政协委员。他的女儿是模范个体户，介绍时就说她是汪老小说中那个高大头的女儿。这种效果是我完全没有想到的，也是完全不希望的。实际上，我们老家的人把文学看成一种政治工具了。我不想让文学作品承担这样的功能。后来，这个“高大头”给我写来很长的一封信，还寄来了材料，希望我写小说的续篇，我说我写不了。因为我想不出还能写些什么。我希望，让文学回到文学本身。

一个作家如果真诚地反映出所了解的世界，他就实现了自己的责任。

关于小说的语言（札记）

语言是本质的东西

他的文字不仅是表现思想的工具，似乎也是一种目的。

——闻一多《庄子》

语言不只是技巧，不只是形式。小说的语言不是纯粹外部的东西。语言和内容是同时存在的，不可剥离的。

语言决定于作家的气质。“气以实志，志以定言，吐纳英华，莫非情性”（《文心雕龙·体性》）。鲁迅有鲁迅的语言，废名有废名的语言，沈从文有沈从文的语言，孙犁有孙犁的语言……何立伟有何立伟的语言，阿城有阿城的语言。我们的理论批评，谈作品的多，谈作家的少，谈作家气质的少。“诵其诗，读其书，不知其人可乎？”（《孟子·万章》)理论批评家的任务，首先在知人。要从总体上把握住一个作家的性格，才能分析他的全部作品。什么是接近一个作家的可靠的途径？——语言。

小说作者的语言是他的人格的一部分。语言体现小说作者对生活的基本的态度。

从小说家的角度看：文如其人；从评论家的角度看：人如其文。

成熟的作者大都有比较稳定的语言风格，但又往往能“文备众体”，写不同的题材用不同的语言。作者对不同的生活，不同的人、事的不同的感情，可以从他的语言的色调上感觉出来。鲁迅对祥林嫂寄予深刻的同情，对于高尔础、四铭是深恶痛绝的。《祝福》和《肥皂》的语调是很不相同的。探索一个作家作品的思想内涵，观察他的倾向性，首先必须掌握他的叙述的语调。《文心雕龙·知音》篇说：“夫缀文者情动而辞发，观文者披文以入情。沿波讨源，虽幽必显。世远莫见其面，觇文辄见其心。”一个作品吸引读者(评论者)，使读者产生同感的，首先是作者的语言。

研究创作的内部规律，探索作者的思维方式、心理结构，不能不玩味作者的语言。是的，“玩味”。

从众和脱俗

外国的研究者爱统计作家所用的词汇。莎士比亚用了多少词汇，托尔斯泰用了多少词汇，屠格涅夫用了多少词汇。似乎词汇用得越多，这个作家的语言越丰富，还有人编过某一作家的字典。我没有见过这种统计和字典，不能评论它的科学意义，但是我觉得在中国这样做是相当困难的。中国字的歧义很多，语词的组合又很复杂。如果编一本中国文学字典（且不说某一作家的字典），粗略了，意思不大；要精当可读，那是要费很大工夫的。

现代中国小说家的语言趋向于简洁平常。他们力求使自己的语言接近生活语言，少事雕琢，不尚辞藻。现在没有人用唐人小说的语言写作。很少人用梅里美式的语言、屠格涅夫式的语言写作。用徐志摩式的“浓得化不开”的语言写小说的人也极少。小说作者要求自己的语言能产生具体的实感，以区别于其他的书面语言，比如报纸语言、广播语言。我们经常在广播里听到一句话“绚丽多彩”，“绚丽”到底是什么样子呢？这样的语言为小说作者所不取。中国的书面语言有多用双音词的趋势。但是生活语言还保留很多单音的词。避开一般书面语言的双音词，采择口语里的单音词，此是从众，亦是脱俗之一法。如鲁迅的《采薇》：

> 他愈嚼，就愈皱眉，直着脖子咽了几咽，倒哇的一声吐出来了，诉苦似的看着叔齐道：
>
> “苦……粗……”
>
> 这时候，叔齐真好像落在深潭里，什么希望也没有了。抖抖的也拗了一角，咀嚼起来，可真也毫没有可吃的样子：苦……粗……

“苦……粗……”到了广播电台的编辑的手里，大概会提笔改成“苦涩……粗糙……”那么，全完了！鲁迅的特有的温和的讽刺，鲁迅的幽默感，全都完了！

从众和脱俗是一回事。

小说家的语言的独特处不在他能用别人不用的词，而是在别人也用的词里赋以别人想不到的意蕴（他们不去想，只是抄）。

张戒《诗话》：“古诗：‘白杨多悲风，萧萧愁杀人’，萧萧两字处处可用，然惟坟墓之间，白杨悲风尤为至切，所以为奇。”

鲁迅用字至切，然所用多为常人语也。《高老夫子》：

> 我没有再教下去的意思。女学堂真不知要闹成什么样子。我辈正经人，确乎犯不上酱在一起……

“酱在一起”大概是绍兴土话。但是非常准确。

《祝福》：

> 他是我的本家，比我长一辈，应该称之曰“四叔”，是一个讲理学的老监生。但比先前并没有什么大改变，单是胖了些，但也还未留胡子，一见面是寒暄，寒暄之后说我“胖了”，说我胖了之后即大骂其新党。但我知道，这并非借题在骂我：因为他所骂的还是康有为。但是，谈话总是不投机的了，于是不多久，我便一个人剩在书房里。

假如要编一本鲁迅字典，这个“剩”字将怎样注释呢？除了注明出处（把我前引的一段抄上去），标出绍兴话的读音之外，大概只有这样写：

> 剩是余下的意思。有一种说不出来的孤寂无聊之感，仿佛被这世界所遗弃，孑然地存在着了。而且连四叔何时离去的，也都未觉察，可见四叔既不以鲁迅为意，鲁迅也对四叔并不挽留，确实是不投

> 机的了。四叔似乎已经走了一会了，鲁迅方发现只有自己一个人剩在那里。这不是鲁迅的世界，鲁迅只有走。

这样的注释，行吗？推敲推敲，也许行。

小说家在下一个字的时候，总得有许多“言外之意”。“看似寻常最奇崛，成如容易却艰辛”，凡是真正意识到小说是语言的艺术的，都深知其中的甘苦。姜白石说：“人所常言，我寡言之；人所难言，我易言之，自不俗。”说得不错。一个小说作家在写每一句话时，都要像第一次学会说这句话。中国的画家说“画到生时是熟时”，作画须由生入熟，再由熟入生。语言写到“生”时，才会有味。语言要流畅，但不能“熟”。援笔即来，就会是“大路活”。

现代小说作家所留心的，不止于“用字”，他们更注意的是语言的神气。

神气 · 音节 · 字句

“文气论”是中国文论的一个源远流长的重要的范畴。

韩愈提出“气盛言宜”：“气，水也；言，浮物也。水大而物之浮者大小毕浮。气之与言，犹是也。气盛则言之短长与声之高下者皆宜。”他所谓“气盛”，我们似可理解为作者的思想充实、情绪饱满。他第一次提出作者的心理状态与表达的语言的关系。

桐城派把“文气论”阐述得很具体。他们所说的“文气”，实际上是语言的内在的节奏，语言的流动感。“文气”是一个精微的概念，但不是不可捉摸。桐城派解释得很实在。刘大櫆认为为文之能事分为三个步骤：一神气，“文之最精处也”；二音节，“文之稍粗处也”；三字句，“文之最粗处也”。桐城派很注重字句。论文章，重字句，似乎有点卑之勿甚高论，但桐城派老老实实地承认这是文章的根本。刘大櫆说：“近人论文不知有所谓音节者，至语以字句，则必笑为末事。此论似高实谬。作文若字句安顿不妙，岂复有文字乎？”他们所说的“字句”，说的是字句的声音，不是它的意义。刘大櫆认为：“音节者，神气之迹也。字句者音节之矩也。神气不可见，于音节见之；音节无可准，以字句准之”。“凡行文多寡短长，抑扬高下，无一定之律，而有一定之妙，可以意会而不可以言传。学者求神气而得之于音节，求音节而得之于字句，则思过半矣。”如何以字句准音节？他说得非常具体。“一句之中，或多一字，或少一字；一句之中，或用平声，或用仄声；同一平字仄字，或用阴平阳平上声去声入声，则音节迥异。”

这样重视字句的声音，以为这是文学语言的精髓，是中国文论的一个很独特的见解。别的国家的文艺学里也有涉及语言的声音的，但都没有提到这样的高度，也说不到这样的精辟。这种见解，桐城派以前就有。韩愈所说的“气盛言宜”，“言宜”就包括“言之长短”和“声之高下”。不过到了桐城派就更清楚地意识到这一点，发挥得也更完备了。

二十年代、三十年代的作家是很注意字句的。看看他们的原稿，特别是改动的地方，是会对我们很有启发的。有些改动，看来不改也过得去，但改了之后，确实好得多。《鲁迅全集》第二卷卷首影印了一页《眉间尺》的手稿，末行有一句：

> 他跨下床，借着月光走向门背后，摸到钻火家伙，点上松明，向水瓮里一照。

细看手稿，“走向”原来是“走到”；“摸到”原来是“摸着”。捉摸一下，改了之后，比原来的好。特别是“摸到”比“摸着”好得多。

传统的语言论对我们今天仍然是有用的。我们使用语言时，所注意的无非是两点：一是长短，一是高下。语言之道，说起来复杂，其实也很简单。不过运用之妙，可就存乎一心了。不是懂得简单的道理，就能写得出好语言的。

“积字成句，积句成章，积章成篇。合而读之，音节见矣；歌而咏之，神气出矣”。一篇小说，要有一个贯穿全篇的节奏，但是首先要写好每一句话。

有一些青年作家意识到了语言的声音的重要性。所谓“可读性”，首先要悦耳。

小说语言的诗化

意境说也是中国文艺理论的重要范畴，它的影响，它的生命力不下于文气说。意境说最初只应用于诗歌，后来涉及了小说。废名说过：“我写小说同唐人写绝句一样。”何立伟的一些小说也近似唐人绝句。所谓“唐人绝句”，就是不着重写人物，写故事，而着重写意境，写印象，写感觉。物我同一，作者的主体意识很强。这就使传统的小说观念发生了很大的变化，使小说和诗变得难解难分。这种小说被称为诗化小说。这种小说的语言也就不能不发生变化。这种语言，可以称之为诗化的小说语言——因为它毕竟和诗还不一样。所谓诗化小说的语言，即不同于传统小说的纯散文的语言。这种语言，句与句之间的跨度较大，往往超越了逻辑，超越了合乎一般语法的句式（比如动宾结构）。比如：

> 老白粗茶淡饭，怡然自得。化纸之后，关门独坐。门外长流分，日长如小年。
>
> ——《故人往事·收字纸的老人》

如果用逻辑谨严，合乎语法的散文写，也是可以的，但不易产生如此恬淡的意境。

强调作者的主体意识，同时又充分信赖读者的感受能力，愿意和读者共同完成对某种生活的准确印象，有时作者只是罗列一些事物的表象，单摆浮搁，稍加组织，不置可否，由读者自己去完成画面，注入情感。“鸡声茅店月，人迹板桥霜。”“枯藤老树昏鸦，小桥流水人家，古道西风瘦马。”这种超越理智，诉诸直觉的语言，已经被现代小说广泛应用。如：

> 抗日战争时期，昆明小西门外。
>
> 米市，菜市，肉市。柴驮子，炭驮子。马粪。粗细瓷碗，砂锅铁锅。焖鸡米线，烧饵块。金钱片腿，牛干巴。炒菜的油烟，炸辣子的呛人的气味。红黄蓝白黑，酸甜苦辣咸。
>
> ——《钓人的孩子》

这不是作者在语言上要花招，因为生活就是这样的。如果写得文从理顺，全都“成句”，就不忠实了。语言的一个标准是：诉诸直觉，忠于生活。

文言和白话的界限是不好划的。“一路秋山红叶，老圃黄花，不觉到了济南地界”，是文言，还是白话？只要我们说的是中国话，恐怕就摆脱不了一定的文言的句子。

中国语言还有一个世界各国语言没有的格式，是对仗。对仗，就是思想上、形象上、色彩上的联属和对比。我们总得承认联属和对比是一项美学法则。这在中国语言里发挥到了极致。我们今天写小说，两句之间不必，也不可能在平仄、虚实上都搞得铢两悉称，但是对比关系不该排斥。

> ……罗汉堂外面，有两棵很大的白果树，有几百年了。夏天，一地浓荫。冬天，满阶黄叶。
>
> ——《幽冥钟》

如果不用对仗，怎样能表达时序的变易，产生需要的意境呢？

中国现代小说的语言和中国画，特别是唐宋以后的文人画的关系是非常密切的。中国文人画是写意的。现代中国小说也是写意的多。文人画讲究“笔墨情趣”，就是说“笔墨”本身是目的。物象是次要的。这就回到我们最初谈到的一个命题："他的文字不仅是表现思想的工具，似乎也是一种目的。"

现代小说的语言往往超出现象，进入哲理，对生活作较高度的概括。

小说语言的哲理性，往往接受了外来的影响。

> 每个人带着一生的历史，半个月的哀乐，在街上走。
>
> ——《钓人的孩子》

这样的语言是从哪里来的？大概是《巴黎之烦恼》。

小说的散文化

散文化似乎是世界小说的一种（不是唯一的）趋势。屠格涅夫的《猎人笔记》有些篇近似散文。《白静草原》尤其是这样。都德的《磨坊文札》也如此。他们有意用“日记”“文札”来作为文集的标题。表示这里面所收的各篇，不是传统的严格意义上的小说。契诃夫有些小说写得很轻松随便。《恐惧》实在不大像小说，像一篇杂记。阿左林的许多小说称之为散文也未尝不可，但他自己是认为那是小说的——有些完全不能称为小说的东西，则命之为“小品”，比如《阿左林先生是古怪的》。萨洛扬的带有自传色彩的小说，是具有文学性的回忆录。鲁迅的《故乡》写得很不集中。《社戏》是小说么？但是鲁迅并没有把它收在专收散文的《朝花夕拾》里，而是收在小说集里的。废名的《竹林的故事》可以说是具有连续性的散文诗。萧红的《呼兰河传》全无故事。沈从文的《长河》是一部很奇怪的长篇小说。它没有大起大落、大开大阖，没有强烈的戏剧性，没有高峰，没有悬念，只是平平静静，慢慢地向前流着，就像这部小说所写的流水一样。这是一部散文化的长篇小说。大概传统的、严格意义上的小说有一点像山，而散文化的小说则像水。

散文化的小说一般不写重大题材。在散文化小说作者的眼里，题材无所谓大小。他们所关注的往往是小事，生活的一角落、一片段。即使有重大题材，他们也会把它大事化小。散文化的小说不大能容纳过于严肃的、严峻的思想。这一类小说的作者大都是性情温和的人，他们不想对这个世界做陀思妥耶夫斯基式的拷问和卡夫卡式的阴冷的怀疑。许多严酷的现实，经过散文化的处理，就会失去原有的硬度。鲁迅是个性格复杂的人。一方面，他是一个孤独、悲愤的斗士，同时又极富柔情。《故乡》《社戏》里有一种说不出来的惆怅和凄凉，如同秋水黄昏。沈从文企图在《长河》里“把最近二十年来当地农民性格灵魂被时代大力压扁扭曲失去原有的素朴所表现的式样，加以解剖及描绘”，这是一个十分严肃的使人痛苦的思想。他“唯恐作品和读者对面，给读者也只是一个痛苦印象”，所以“特意加上一点牧歌的谐趣”。事实上，《长河》的抒情成分大大冲淡了那种痛苦思想。散文化小说的作者大都是抒情诗人。散文化小说是抒情诗，不是史诗。散文化小说的美是阴柔之美，不是阳刚之美。是喜剧的美，不是悲剧的美。散文化小说是清澈的矿泉，不是苦药。它的作用是滋润，不是治疗。这样说，当然是相对的。

散文化的小说不过分地刻画人物。他们不大理解，也不大理会典型论。海明威说：不存在典型，典型是说谎。这话听起来也许有点刺耳，但是在解释得不准确的典型论的影响之下，确实有些作家造出了一批鲜明、突出，然而虚假的人物形象。要求一个人物像一团海绵一样吸进那样多的社会内容，是很困难的。透过一个人物看出一个时代，这只是评论家分析出来的，小说作者事前是没有想到的。事前想到，大概这篇小说也就写不出来了。小说作者只是看到一个人，觉得怪有意思，想写写他，就写了。如此而已。散文化小说作者通常不对人物进行概括。看过一千个医生，才能写出一个医生，这种创作方法恐怕谁也没有当真实行过。散文化小说作者只是画一朵两朵玫瑰花，不想把一堆玫瑰花放进蒸锅，提出玫瑰香精。当然，他画的玫瑰是经过选择的，要能入画。散文化小说的人物不具有雕塑性，特别不具有米开朗基罗那样的把精神扩及肌肉的力度。它也不是伦布朗的油画。它只是一些 sketch（素描），最多是列宾的钢笔淡彩。散文化小说的人像要求神似。轻轻几笔，神全气足。《世说新语》，堪称范本。散文化的小说大都不是心理小说。这样的小说不去挖掘人的心理深层结构，散文化小说的作者不喜欢“挖掘”这个词。人有什么权利去挖掘人的心呢？人心是封闭的。那就让它封闭着吧。

散文化小说的最明显的外部特征是结构松散。只要比较一下莫泊桑和契诃夫的小说，就可以看出两者在结构上的异趣。莫泊桑，还有欧·亨利，要了一辈子结构，但是他们显得很笨，他们实际上是被结构要了。他们的小说人为的痕迹很重。倒是契诃夫，他好像完全不考虑结构，写得轻轻松松，随随便便，潇潇洒洒。他超出了结构，于是结构更多样。章太炎论汪中的骈文“起止自在，无首尾呼应之式”。打破定式，是散文化小说结构的特点。魏叔子论文云：“人知所谓伏应而不知无所谓伏应者，伏应之至也；人知所谓断续而不知无所谓断续者，断续之至也。”(《陆悬圃文序》)古今中外作品的结构，不外是伏应和断续。超出伏应、断续，便在结构上得到大解放。苏东坡所说的“常行于所当行，常止于不可不止”，是散文化小说作者自觉遵循的结构原则。

喔，还有情节。情节，那没有什么。

有一些散文化的小说所写的常常只是一种意境。《白静草原》写了多少事呢?《竹林的故事》写的只是几个孩子对于他们的小天地的感受，是一篇他们的富有诗意的生活的“流水”(中国的往日的店铺把逐日随手所记账目叫作“流水”，这是一个很好的词语)。《长河》的《秋(动中有静)》写的只是一群过渡人无目的、无条理的闲话，但是那么亲切，那么富有生活气息。沈从文创造了一种寂寞和凄凉的意境，一片秋光。某些散文化小说也许可称之为“安静的艺术”。《白静革原》《秋（动中有静）》，这从题目上就可以看得出来。阿左林所写的修道院是静静的。声音、颜色、气味，都是静静的。日光和影子是静静的。人的动作、神情是静静的。墙上的常春藤也是静静的。散文化小说往往都有点怀旧的调子，甚至有点隐逸的意味。这有什么不好呢？我不认为这样一些小说所产生的影响是消极的。这样的小说的作者是爱生活的，他们对生活的态度是执着的。他们没有忘记窗外的喧嚣而躁动的尘世。

散文化小说的作者十分潜心于语言。他们深知，除了语言，小说就不存在。他们希望自己的语言雅致、精确、平易。他们让他们对于生活的态度于字里行间自自然然地流出，照现在西方所流行的一种说法是：注意语言对于主题的暗示性。他们不把倾向性“特别地说出”。散文化小说的作者不是先知，不是圣哲，不是无所不知的上帝，不是富于煽动性的演说家。他们是读者的朋友。因此，他们自己不拘束，也希望读者不受拘束。

散文化的小说曾给小说的观念带来一点新的变化。

小说陈言

抓住特点

杨慎《升庵诗话》卷四《劣唐诗》："学诗者动辄言唐诗，便以为好，不思唐人有极恶劣者。"他举了一些劣诗，如"莫将闲话当闲话，往往事从闲话生"，这真是"下净优人口中语"。但他又举"水牛浮鼻渡，沙鸟点头行"，以为这也是劣诗，我却未敢同意。水牛浮鼻而渡，这是江南水乡随时可见到的景象，许多画家都画过，但是写在诗里却是唯一的一次。"沙鸟点头行"尤为观察入微。这一定不是野鸭子那样的水鸟，水鸟走起来是一摇一摆的。这是长腿的沙鸟。只有长腿鸟"行"起来才是一步一点头。这不是劣诗。这也许不算好诗，但是是很好的小说语言，因为一下子抓住了特点。

写景、状物，都应该抓住特点。写人尤当如此。宋朝有一个皇帝，要接见一个从外省调进京的官，他怕自己认不出这个官（同时被接见的还有别的人），问一个大臣，这个官长得什么模样。大臣回答："这个人很好认，他长得是个西字脸。"第二天接见，皇帝一直忍不住笑。一个人长得一个西字脸是很好笑的。我们不但可以想见此人的脸型，还仿佛看见他的眉眼。这位大臣很能抓住人的特点。鲁迅写高老夫子的步态，"像木匠牵着的钻子，一扇一扇地直走"，此公形象，如在目前。因为有特点。

虚构

小说就是虚构。

纪晓岚对蒲松龄《聊斋》多虚构很不以为然：

> 小说既述见闻，即属叙事，不比戏场关目，随意装点。……今嬿昵之词，媟狎之态，细微曲折，摹绘如生，使出自言，似无此理，使出作者代言，则何从而见闻，又所未解也。

这位纪文达公（纪晓岚谥号）真是一个迂夫子。他以为小说都得是纪实，不能"装点"。照他的看法，"嬿昵之词"

"媟狎之态"都不能有。如果把这些全去掉,《聊斋》还有什么呢?

不但小说,就是历史,也不能事事有据。《史记》写陈涉称王后,乡人入宫去见他,惊叹道:"夥颐!涉之为王潭沉者!"写得很生动。但是,司马迁从何处听来?项羽要烹了刘邦的老爹,刘邦答话:"我翁即若翁,必欲烹而翁,则幸分我一杯羹。"刘邦的无赖嘴脸如画。但是我颇怀疑,这是历史还是小说?历来的历史家都反对历史里有小说家言,正足以说明这是很难避免的。因为修史的史臣都是文学家,他们是本能地要求把文章写得生动一些的。历史材料总不会那样齐全,凡有缺漏处,史臣总要加以补充。补充,即是有虚构,有想象。这样本纪、列传才较完整,否则,干巴嗤咧,"断烂朝报"。

但是,虚构要有生活根据,要合乎情理。嘉庆二十三年,涪陵冯镇峦远村氏《读〈聊斋〉杂说》云:

> 昔人谓:莫易于说鬼,莫难于说虎。鬼无伦次,虎有性情也。说鬼到说不来处,可以意为补接;若说虎到说不来处,大段着力不得。予谓不然。说鬼亦要有伦次,说鬼亦要得性情。谚语有之:"说谎亦须说得圆",此即性情伦次之谓也。试观《聊斋》说鬼狐,即以人事之伦次,百物之性情说之。说得极

> 圆，不出情理之外；说来极巧，恰在人人意愿之中。虽其间亦有意为补接，凭空捏造处，亦有大段吃力处，然却喜其不甚露痕迹牵强之形，故所以能令人人首肯也。

这说得不错。

“虚构”即是说谎，但要说得圆。我们曾照 ×× 的指示，写一个戏：八路军派一个干部，进入蒙古草原，发动王府的奴隶，反抗日本侵略者和附逆的王爷（这是没有发生过，不可能发生的事）。这位干部怎样能取得牧民的信任呢？蒙古草原缺盐。盐湖都叫日本人控制起来了。一个蒙奸装一袋盐到了一个“浩特”，要卖给牧民。这盐是下了毒的。正在紧急关头，八路军的干部飞马赶到，说：“这盐不能吃！”他把蒙奸带来的盐抓了一把，放在一个碗里，加了水，给一条狗喝了。狗伸伸四条腿，死了。下面的情节可以想象：八路军干部揭露蒙奸的阴谋，并将自己带来的盐分给牧民，牧民感动，高呼“共产党万岁”。这个剧本提纲念给演员听后，一个演员提出：“大牲口喂盐，有给狗喝盐水的吗？狗肯喝吗？就是喝，台上怎么表演？哪里去找这样一个狗演员？”这不是虚构，而是胡说八道。因为，无此情理。

《阿 Q 正传》整个儿是虚构的。但是阿 Q 有原型。阿 Q

在被判刑的供状上画了一个圆圈，竭力想画得圆，这情节于可笑中令人深深悲痛。竭力想把圈画得圆，这当然是虚构，是鲁迅的想象。但是不识字的愚民不会在一切需要画押的文书上画押，只能画一个圆圈(或画一个“十”字)却是千真万确的。这一点，不是任意虚构。因此，真实。

干净

扬州说书艺人授徒，在家中设高桌(过去扬州说书都是坐在高桌后面)，据案教学生，每天只教二十句。学生每天就说这二十句，反复说，要说得“如同刀切水洗的一般”。“刀切水洗”，指的是口齿清楚，同时也包含叙事干净，不拖泥带水。

过去说文章，常说简练。“简练”一词，近年不大有人提，为一些青年作者和评论家所厌闻。他们以为“简练”意味简单、粗略、浅。那么，咱们换一个说法：干净。“干净”不等于不细致。

张岱《陶庵梦忆·柳敬亭说书》：“余听其说‘景阳冈武松打虎’白文，与本传大异。其描写刻画，微入毫发，然又找截干净[1]，并不唠叨。”说书总要有许多枝杈，北方评书艺人称长篇评书为“蔓子活”，如瓜牵蔓。但不论牵出去多远，最后还能“找”回来，来龙去脉，清清楚楚。扬州王少堂说《水浒》，“武十回”“宋十回”“卢十回”，一回是一回，有起有落，有放有收。

因为参加“飞马奖”的评选，我读了一些长篇小说，一些作品给我一个印象是：芜杂。

芜杂的原因之一，是材料太多，什么都往里搁，以为这样才“丰富”，结果是拥挤不堪，人物、事件、情景，不能从容展开。

第二是作者竭力要表现哲学意蕴。这大概是受了西方现代主义的影响和青年评论家的怂恿（以为这样才“深刻”）。作者对自己要表现的哲学似懂非懂，弄得读者也云苫雾罩。我不相信，中国一下子出了这么多的哲学家。我深感目前的文艺理论家不是在谈文艺，而是在谈他们自己也不太懂的哲学，大家心里都明白，这种“哲学“是抄来的。我不反对文学作品中的哲学，但是文学作品主要是写生活。只能由生活到哲学，不能由哲学到生活。

第三，语言不讲究，啰唆，拖沓。

重读《丧钟为谁而鸣》，觉得海明威的叙述是非常干净

[1] 补充删略得当。

的。他没有想表现什么“思想”，他只是写生活。

我希望更多地看到这样的小说：明明白白，清清楚楚，干干净净。

短篇小说的本质
——在解鞋带和刷牙的时候之四

我们必须暂时稍微与世界隔离，不老甩不开我们是生活在怎样一个国度里这个意识，这就是说，假定我们有一个地方，有一种空气，容许并有利于我们说这个题目。不必要在一个水滨，一个虚廊，竹韵花影；就像这儿，现在，我们有可坐的桌子椅子，有可以起来走两步的空当，有一点随便，有说或不说的自由；没有个智慧超人，得意无言的家伙，脸上不动，连狡诡的眯眼也不给一个的在哪儿听着；没有个真正的小说家，像托老头子那样的人会声势凌人地闯进来；而且我们不是在“此处不是讲话之地”的大街上高谈阔论；这也就够了。我们的话都是草稿的草稿，只提出，不论断，几乎每一句前面都应加一句：假定我们可以这样说。我们所说的大半是平时思索的结果，也可能是从未想过，临时触起，信口开河。我想这是常有的事，要说的都没有说，尽抬架了些不知从哪儿斜刺里杀出来的程咬金。有时又常话到嘴边，咽了下去；说了一半，或因思绪散断，或者觉得看来很要紧的意见原来毫不相干，全无道理，接不下去了。这都挺自然，不勉强，正要的是如此。我们是一些喜欢读，也多少读过一点，甚至想动笔，或已经试写了一阵子小说的人，可千万别把我们的谈话弄得很职业气。我们不大中意那种玩儿票的派头，可是业余的身份是我们遭遇困难时的解脱借口。不知为不知，我们没有责任搜索枯肠，找话支吾。我们说了的不是讲义，充其量是一条一条的札记，不必弄得四平八稳，分量平均，首尾相应，具一格局。好了，我们已经不受拘束，放心说话吧。声音大、小、平缓，带舞台动作，发点脾气，骂骂人，一切随心所欲，悉听尊便。

在这许多方便之下，我呈出我的一份。

毋庸讳言，大家心照，所有的话全是为了说的人自己而说的。唱大鼓的走上来，“学徒我今儿个伺候诸位一段大西厢”。唱到得意处，得意的仍是他自己。听唱的李大爹、王二爷也听得颇得意，他们得意的也是他们自己。我觉得李大爹、王二爷实际也会唱得极好，甚至可能比台上的人更唱得好，只是他们没有唱罢了。李大爹、王二爷自小学了茶叶店、糕饼店生意，他们注定了要搞旗枪明前，上素黑芝麻，他们没有学大鼓。没有学，可是懂。他摸得到顿、拨、沉、落、迴、扭、煞诸种差之毫厘、失之千里的那么点个妙处。所以李大爹、王二爷是来听他们自己唱，不，简直听他们整个儿的人来了。台上那段大西厢不过是他们的替身，或一部分的影子。李大爹看了一眼王二爷，头微微一点，王二爷看了一眼李大爹，头也那么一点。他们的意思是“是了”！在这一点上，劳伦斯的“为我自己”，克罗采[1]的传达说，我都觉得有道理。——啊，别瞪我，我只是借此而说明我现在要说的话是一个什么性质。这，也是我对小说作者与读者间的关系的一个看法。这等一下大概还会再提起。真是，所有的要说恐怕都只是可以连在一处的道白而已。

时下的许多小说实在不能令人满意！

教我们写作的一位先生几乎每年给学生出一个题目：一个理想的短篇小说。——我当时写了三千字，不知说了些什么东西；现在想重新交一次卷，虽然还一样不知会说些什么东西。——可见，他大概也颇觉得许多小说不顶合乎理想。所以不顶理想，因为一般小说都好像有那么一个“标准”：

一般小说太像个小说了，因而

不十分是一个小说。

[1] 鲁道夫·克鲁采，法国小提琴家。贝多芬的《第九小提琴奏鸣曲》因题献给他，又被称为“克鲁采奏鸣曲”。

悬定[1]一个尺度，很难。小说的种类将不下于人格；而且照理两者的数量（假如可以计算）应当恰恰相等；鉴别小说，也如同品藻人物一样的不可具说。但我们也可以像看人一样的看小说，凭全面的、综合的印象，凭直觉。我们心平气和、体贴入微地看完一篇东西，我们说：这个是小说，或者不是小说。有时候我们说的是这够或不够是一个小说。这跟前一句话完全一样，够即是，不够的不是。在这一点上，小说的读者，你不必客气，你自然光假定自己是“够了”。哎，不必客气，这个够了并不是什么了不起的事情。不够，你还看什么小说呢！

那个时候，我因为要交卷，不得不找出一个“理想”的时候，正是卞之琳先生把《亨利第三》《军旗手的爱与死》翻过来的时候，手边正好有一本，抓着就是，我们像憋了一点气，在课堂上大叫：

“一个理想的短篇小说应当是像《亨利第三》与《军旗手的爱与死》那样的！”

现在我的意思仍然如此，我愿意维持原来的那点感情，不过觉得需要加以补充。

我们看过的若干短篇小说，有些只是一个长篇小说的大纲，一个作者因为时间不够，事情忙，或者懒，有一堆

[1] 出自《北齐书·恩幸传·高阿那肱》，预定。

材料，他大概组织分布了一下，有时甚至连组织分布都不干，马马虎虎的即照单抄出来交了货。我们只看到有几个人，在那里，做了什么事，说话了，动作了，走了，去了，死了。有时作者觉得这太不像小说，(就是这个倒霉的觉得害了他！)小说不能单是一串流水账，于是怎么样呢？描写了把那个人从头到脚的像裁缝师傅记出手下摆那么记一记，清楚是清楚了，可是我们本来心里可能有的浑然印象反叫他挤掉了。我们只落得一堆零碎料子，多高的额头，多大的鼻子，长腿或短腿，外八字还是内八字脚……这些“部分”彼此不粘不靠，不起作用，不相干。还有更不相干的，是那些连篇累牍的环境渲染。有时候我们看那段发生在秋天的黄昏的情节，并不是一定不能发生在春天的早晨。在进行演变上，落叶，溪水，夕阳，歌声，蟋蟀，当然风马牛不相及。这是七巧板那么拼出来的，是人为的，外加的，生造的，不融合的。他没有把这些东西当着是从故事中分泌出来，为故事的一个契机，一份必不可少的成分。他的文字不是他要说的那个东西本身。自然主义用在许多人手里成了一个最不自然的主义。这些人为主义而牺牲了。有些，说得周详缜密，结构紧严，力量不懈，交代干净，不浪费笔墨也不偷工减料，文字时间与故事时间合了拍，把读者引上了路，觉得舒服得很；可是也只算长篇小说之一章，很好的一章而已。更多的小说，比较鲜明生动，我以为把它收入中篇小说，较为合适。再有一种则是“标准的”短篇小说。标准的短篇小说不是理想的短篇小说，也不能令我们满意。

我们的谈话行将进入一个比较枯燥困难的阶段，我们怕不能摆脱习惯的衍讲方式。我们尽量想避开让我们踏脚，也放我们疲惫的抽象名词，但事实上不易办到。先歇一歇力，在一块不大平滑的石头上坐一坐，给短篇小说来讲一个定义：不用麻烦拣选，反正我们掉一掉身子马上就来。中学教科书上写着，短篇小说是：

用最经济的文学手腕，指写事实中最精彩的一段或一面。

我们且暂时义务地为这两句话做一注释。或者六经注我，靠它的帮忙说话。

我们不得已而用比喻，扣槃扪烛[1]，求其大概。吴尔芙夫人以在火车中与白朗宁太太同了一段路的几位先生的不同感情冲动譬像几种不同的写小说法，我们现在单摘取同车一事来说明小说与其人物的关系。设想一位作者，我们称他为 × 先生，在某处与白朗宁太太一齐上了车，火车是小说，车门一关，汽笛拉动，车开了，小说起了头。× 先生有墨水两瓶，钢笔尖二盒，一箱子纸，四磅烟草，白朗

[1] 出自苏轼《日喻》，比喻认识片面，不得要领。

宁太太有的是全部生活。× 先生收心放志，集中精神，松开领子，咬起大烟斗，白朗宁太太开始现身说法，开始表演。我们设想火车轨道经行之地是白朗宁太太的生活，这一列车随处可停，可左可右，可进可退，给 × 先生以诸方便，他可以得到他所需要的白朗宁太太生活中任何场景节目。白朗宁太太生来有个责任，即被写在小说里，她不厌烦，不掩饰省略，妥妥实实回答 × 先生一切问话。好了，除去吃饭睡觉等不可不要的动作之外，白朗宁太太一生尽在此中，× 先生也颇累了，他们点点头，下车，分别。小说完成！

这里，你觉得这是可能的么？

有人说历史这个东西就是历史而已，既不是科学，也算不得是艺术。我们埋葬了一部分小说，也很可以在它们的墓碑上刻这样两句话，而且历史究竟还是历史，若干小说常不是科学，不是艺术，也不成其为小说。

长篇小说的本质，也是它的守护神，是因果。但我们很少看到一本长篇小说从千百种可能之中挑选出一个，一个一个连编起来，这其间有什么是必然，有决定性的。人的一生是散漫的，不很连贯，充满偶然，千头万绪，兔起鹘落，从来没有一个人每一秒钟相当于小说的一段、一句、一字、一标点或一空格，而长篇小说首先得悍然不顾这个情形。结构，这是一个长篇最紧要的部分，而且简直是小说的全部，但那根本是个不合理的东西。我们知道一个小说不是天成的，是编排连缀出来的，我所怀疑的是一个作者的精神是否能够照顾得过来，特别是他的记忆力是不是能够写到第十五章时还清清楚楚对他在第三章中所说的话的分量和速度有个印象？整本小说是否一气呵成天衣无缝，增一分则太长，减一分则太短，不能倒置、翻覆，简直是那样便是那样，毫无商量余地了？

从来也没有一个音乐家想写一个连续演奏十小时以上的乐章吧，(读《战争与和平》一遍需要多少时候？)而我们的小说家，想做不可能的事。看他们把一厚册一厚册的原稿销毁，一次一次地重写，我们寒心那是多苦的事。有几个人，他们是一种英雄式的人，自从人中走出，与大家不同，他们不是为生活而写，简直活着就为的是写他的小说，他全部时间入于海，海是小说，居然做到离理想不远了。第一个忘不了的是狠辣的陀思妥耶夫斯基。他像是一咬牙就没有松开过。可是我们承认他的小说是一种很伟大的东西，却不一定是亲切的东西。什么样的人是陀思妥耶夫斯基的合适读者？

应是科学家。

我宁愿通过工具的艰难，放下又拿起，翻到后面又倒回前头，随便挑一节，抄两句，不求甚解，自以为是，什么时候，悠然见南山，飞鸟相与还，以我之所有向他所描画的对照对照那么读一遍《尤利西斯》去。

小说与人生之间不能描画一个等号。

于是有中篇小说。

如果读长篇小说的时间是阴冷的冬夜，那么中篇小说是宜于在秋天下午。一本中篇正好陪我们过五六点钟，连阅读带整个人受影响作用，引起潜移默化所需的时间。

一个长篇的作者自己在他的小说中生活过一遭，他命使读者的便是绝对的入乎其内。一个长篇常常长到跟人生一样长（这跟我们前面一段有些话并不相冲突），可以说是另外一个人生，尽可以跟我们这一个完全一样，但□□是另外一个（不是一段、一面）。我们必须放开我们自己的恩怨憎喜、宗教饮食，被拉了上去，关上门，靠窗坐定，随那节车子带我们到那里去旅行。作者做向导，山山水水他都熟习，而假定我们一无所知。我们只有也必须死心塌地地做个素人。我们应当视而不见，听而不闻，食而不知其味；应当醉于书中的酒，字里的香，我们说：哦，这是玫瑰，多美，这是山，好大呀！好像我们从来没有见过一座山，不知道玫瑰是什么东西。——可是一般人不是那么容易的死于生活，活于书本，不会一直入彀。有比较体贴，近人情，会说话的可爱的人就为了我们而写另外一种性质的书，叫做中篇小说。（Once upon a time）他自自然然地谈起来了。他跟我们抵掌促膝，不高不可攀，耳提指图，他说得流利、委婉，不疾不徐，轻重得当，不口吃，不上气不接下气，他用志不纷，胸有成竹。他才说了十多分钟，我们已经觉得：他说得真好。我们入神了，颔首了，暖然似春，凄然似秋了，毫不反抗地给出他向我们要的感动。有话则长，无话则短，他知道他是在说一个故事。花开两朵，各表一枝，分即全，一切一切，他不弄得过分麻烦沉重。有时他插一点闲话，聊点儿别的；他更带着一堆画片，一张一张拍得光线强弱，距离远近都对了的照相，他一边说故事，一边指点我们看。这些纪念品不一定是绘摄的大场面，有时也许一片阳光，一堆倒影，破风上一角残蚀的浮雕，唱歌的树，嘴上生花的人，……我们也明知他提起这话目的何在，但他对于那些小玩意确具真情，有眼光，而且趣味与我们相投，但听他说说这些即颇过瘾了。我们最中意的是他要我们跟他合作。也空出许多地方，留出足够的时间，让读者自己说。他不一个劲儿讲演，他也听。来一杯咖啡么，我们的中篇小说家?

如果长篇小说的作者与读者的地位是前后，中篇是对面，则短篇小说的作者是请他的读者并排着起坐行走的。

常听到短篇小说的作者劝他的熟人：“你也写么，我相信你可以写得很好。没有什么了不起的，花一点时间，多试验几种方法，不怕费事，找到你觉得那么着写合适的形式，你就写，不会不成功的。凭你那个脑子，那点了解人事的深度，生活的广度，对于文字的精敏感觉，还有那一分真挚深沉的爱，你早就该着笔了。”短篇小说家从来就把我们当着跟他一样的人，跟他生活在同一世界之中，对于他所写的那回事的前前后后也知道得一样仔细真切。我们与他之间只是为不为，没有能不能的差异。短篇小说的作者是假设他的读者都是短篇小说家的。

唯其如此，他才能挑出事实中最精彩的一段或一面来描写。

也许有人天生是个短篇小说家，他只要动笔，得来全不费工夫，他一小从老祖母，从风瘫的师爷，从鸦片铺上、茶馆里、码头旁边，耳濡目染，不知不觉之中领会了许多方法；他的窗口开得好，一片又一片的材料本身剪裁得好好的在那儿，他略一凝眸，翩翩已得；交出去，印出来，大家传诵了，街谈巷议，“这才真是我们所需要的，从头到尾，每一个字是短篇小说！”而我们的作者倚在他的窗口悠然下看：这些人扰攘些什么，什么事大惊小怪的？风吹得他身轻神爽，也许他想到一条河边走走，听听修桥工人唱那种忧郁而雄浑的歌去；而在他转身想带着他的烟盒子时，窗下一个读者议论的小说，激动的高叹声吸引了他，他看了一眼，想：什么叫小说么，问我，我可不知道，你那个瘦瓜瓜的后脑，微高的左肩，正是我需要的，我要把你写下来，你就是小说，傻小子，你为什么不问问你自己？他不出去了。坐下，抽上两支烟，到天黑肚饥时一篇小说也已经写了五分之四，好了，晚饭一吃，一天过去，他的新小说也完成了，但大多数的小说作者都得经过一个比较长时期的试验。他明白，他必须“找到自己的方法”，必须用他自己的方法来写，他才站得住，他得在浩如烟海的文学作品，在也一样浩如烟海的短篇小说之中，为他自己的篇什觅一个位置。天知道那是多么荒时废日的事情！

世上尽有从来不看小说的诗人，但一个写短篇小说的人能全然不管此前与当代的诗歌么？一个小说家即使不是彻头彻尾的诗人，至少也是半仙之分，部分的诗人，也许他有时会懊悔他当初为什么不一直推敲韵脚，部署抑扬，飞上枝头变凤凰，什么一念教他捡定现在卑微的工作的？他羡慕戏剧家的规矩，也向往散文作家的自在，甚至跟他相去不远的长篇中篇小说家他也嫉妒。威严，对于威严的敬重；优美的风度，对于优美风度的友爱，他全不能有，得不着。短篇小说的作者所希望的是给他的劳绩一个说得过去的地位。他希望报纸的排字工人不要把他的东西拆得东一块西一块的，不要随便给它分栏，加什么花边，不要当中挖了一方嵌一个与它毫不相干的木刻漫画，不要在一行的头上来一个吓人的惊叹号，不要在他的文章下面补两句佳言语录、名人轶事，还有错字不太多，字体稍为清楚一点……对于一个杂志的编辑，他很想求求他一个稍微公平一点的篇幅，他希望天地头留着大些，前头能空出两页不印最好……他不是难伺候，闹脾气，他是为了他的文章命运而争。他以为他的小说的形式即是他要表达的那个东西本身，不能随便玷辱它，而且一个短篇没有写出的比写出来的要多得多，需要足够的空间，好让读者自己从从容容来抒写。对于较长篇幅的文章，一般读者有读它的心理准备，他心甘情愿地让出时间，留下闲余，来接受一些东西。只要披沙拣金，往往见宝，即为足矣。他们深切地感到那份力量，领得那种智巧。而他们读短篇小说则是誓翦灭此而后朝食，你不难想象一个读者如何恶狠狠地抓过一篇短篇小说，一边嚼着他的火腿面包，一边狼吞虎咽地看下去，忽然拍案而起，“混蛋，这是什么平淡无奇的东西！”他骂的是他的咖啡，但小说遭了殃，他叭的一下扔了，挤起左眼看了那个可怜的题目，又来了一句，“什么东西！”好了，他要是看进去两句那就怪。一个短篇小说作者简直非把它弄得灿若舒锦，无处不佳不可！小说作者可又还不能像一个高大强壮的猪眼厨师两手撑在腰上大吼：“就是这样，爱吃不吃！”即是真的从头到尾都是心血，你从哪里得到青眼？

这位残暴的午茶餐客如果也想，他想的是：这是什么玩意，谁写不出来，我也……真的，他还不屑于写这种东西！我们原说过，只要他肯，他未始不可以写短篇小说。我们不能怪他，第一，他生活太忙、太乱，而且受到许多像那位猪眼大师傅的气，他想借小说来忘去他的生活，或者真的生活一下，短篇似乎不能满足他；第二，他相当有文学修养，他看过许多诗、戏剧、散文，他还更看过那么多那么多的小说，再不要看这一篇。一个短篇小说作家，你该怎么办？

短篇小说能够一脉相承地存在下来，应当归功于代有所出的人才，不断给它新的素质，不断变易其面目，推广，加深它。日光之下无新事，就看你如何以故为新，如何看，如何捞网捕捉，如何留住过眼烟云，如何有心中的佛、花上的天堂。文学革命初期以“创作”称短篇小说，是的，你要创作。你不应抄袭别人，要叫你有你的，有不同于别人的；且不能抄袭自己，你不能叫这一篇是那一篇的副本，得每一篇是每一篇的样子，每一篇小说有它应当有的形式、风格。简直的，你不能写出任何一个世界上已经有过的句子。你得突破、超出，稍偏颇于那个“标准”。这是老话，但需要我们不断地用各种声音提起。

我们宁可一个短篇小说像诗，像散文，像戏，什么也不像也行，可是不愿意它太像个小说，那只有注定它的死灭。我们那种旧小说，那种标准的短篇小说，必然将是个历史上的东西。许多本来可以写在小说里的东西老早老早就有另外方式代替了去。比如电影，简直老小说中的大部分，而且是最要紧的部分，它全能代劳，而且比较更准确，有声有形，证诸耳目，直接得多。念小说已成了一个过时的娱乐，一种古怪固执的癖好了。此世纪中的诗、戏，甚至散文，都已显然与前一世纪异趣，而我们的小说仍是十八世纪的方法，真不可解。一切全因制度的变而变了，小说动得那么懒，什么道理。

我们耳熟了“现代音乐”“现代绘画”“现代塑刻”“现代建筑”“现代服装”“现代烹调术”，可是“现代小说”在我们这儿远是个不太流行的名词。唉！“小说的保守性”，是个值得一作的毕业论文题目；本来小说这东西一向是跟在后面老成持重地走的。但走得如此之慢，特别是在东方一个又很大又很小的国度中简直一步也不动，是颇可诧异的现象。多打开几面窗子吧，这里的空气实在该换一换，闷得受不了了。

多打开几面窗子吧！只要是吹的，不管是什么风。

也好，没有人重视短篇小说，因此它也从来没有一个严格的划界，我们可以从别的部门搬两块石头来垫一垫基脚。要紧的是要它改一改样子再说。从戏剧里，尤其是新一点的戏里我们可以得到一点活泼，尖深，顽皮，作态。（一切在真与纯之上的相反相成的东西。）萧伯纳、皮蓝德娄[1]从小说中偷去的，我们得讨一点回来。至于戏的原有

[1] 意大利小说家、剧作家。代表作《亨利四世》。

长处，节奏清显，擒纵利落，起伏明灭，了然在心，则许多小说中早已暗暗地放进去了。小说之离不开诗，更是昭然若揭的。一个小说家才真是个谪仙人，他一念红尘，堕落人间，他不断体验由泥淖至清云之间的挣扎，深知人在凡庸、卑微、罪恶之中不死去者，端因还承认有个天上，相信有许多更好的东西不是一句谎话，人所要的，是诗。一个真正的小说家的气质也是一个诗人。就这两方面说,《亨利第三》与《军旗手的爱与死》，是一个理想的型范。我不觉得我的话有什么夸张之处。那两篇东西所缺少的，也许是一点散文的美、散文的广度，一点“大块噫气是名为风”的那种遇到什么都抚摸一下，随时会流连片刻，参差荇菜，左右缭之，喜欢到亭边小道上张张望望的，不衫不履、落帽风前、振衣高岗的气派，缺少一点开头我要求的一点随意说话的自然。

泰戈尔告诉罗曼·罗兰他要学画了，他觉得有些东西文字表达不出来，只有颜色线条胜任；勃罗斯忒在他的书里忽然来了一段五线谱，任何一个写作的人必都同情，不是同情，是赞同他们。我们设想将来有一种新艺术，能够包容一切，但不复是一切本来形象，又与电影全然不同的，那东西的名字是短篇小说。这不知什么时候才办得到，也许永远办不到。至少我们希望短篇小说能够吸收诗、戏剧、散文一切长处，而仍旧是一个它应当是的东西，一个短篇小说。

我们前面既说过一个短篇小说的作者假定他的读者都是短篇小说家，假定读者对于他所依附而写的那回事情的前前后后清楚得跟自己一样，假定读者跟他平肩并排，所以“事”的本身在短篇小说中的地位行将越来越不重要。一个画家在一个乡下人面前画一棵树，他告诉他“我画的是那棵树”。乡下人一面奇怪树已经直端端生在那儿了，画它干什么？一面看了又看，觉得这位先生实在不大会画，画得简直不像。一会儿画家来了个朋友，也是一个画家。画家之一画，画家之二看，两个人一句话不说。也许有时他们互相看一眼，微微一点头，犹如李大爹、王二爷听大鼓，眼睛里一句话：“是了！”问画家到底画的什么，他该回答的是：“我画的那个画。”真正的小说家也是，不是为写那件事，他只是写小说——我们已经听到好多声音，“不懂，不懂！”其实他懂的，他装着不懂。毕加索给我们举了一个例。他用同一“对象”画了三张画，第一张人像个人，狗像条狗；第二张不顶像了，不过还大体认得出来；第三张，简直不知道是什么东西了。人应当最能够从第三张得到“快乐”，不过常识每每把人谋害在第一张之前。小说也许不该像这三张，但至少该往第二张上走一走吧？很久以前，有人提出“纯诗”的理想，纪德说过他要写“纯小说”；虽未能至，心向往之。我们希望短篇小说能向“纯”的方向作去，虽然这里所说的“纯”与纪德所提出的好像不一样。严格说来，短篇小说者，是在一定时间、一定空间之内，利用一定工具制作出来的一种比较轻巧的艺术，一个短篇小说家是一种语言的艺术家。——我看出有人颇不耐烦了，他心里泛起了一阵酸，许多过了时的标准口号在他耳根雷鸣，他随便抓得一块砖头，“唯美主义”，要往我脑袋上砸。

听我告诉你一个秘密，我有个朋友，是个航空员，他凭一股热气，放下一切，去学开飞机，百战归来，同班毕业的已经所剩无几了；我问他你在天上是否不断地想起民族的仇恨？他非常严肃地说：“当你从事于某一工作时，不可想一切无关的事。我的手在驾驶盘上，我只想如何把得它稳当、准确。我只集中精神于转弯、抬起、俯降。我的眼睛看着前头云雾山头。我不能分心于外物，否则一定出毛病。——有一回 C 的信上说了我几句话，叫我放不下心来，我一翅飞到芷江上空，差点儿没跟她那几句一齐摔下去！”小说家在安排他的小说时他也不能想得太多，他得沉酣于他的工作。他只知道如何能不颠不簸，不滞不滑，求其所安，不摔下来跌死了。一个小说家有什么样的责任，这是另外一个题目，有机会不妨讨论讨论。今天到此为止，我们再总结一句：一个短篇小说，是

一种思索方式，一种情感形态，是人类智慧的一种模样。

或者：一个短篇小说，不多，也不少。